鳴沙山莫高窟的九層樓建築

俗稱千佛洞）敦煌莫高窟

修繕後的敦煌窟洞走廊

雷僑雲著

敦煌兒童文學

臺灣學生書局印行

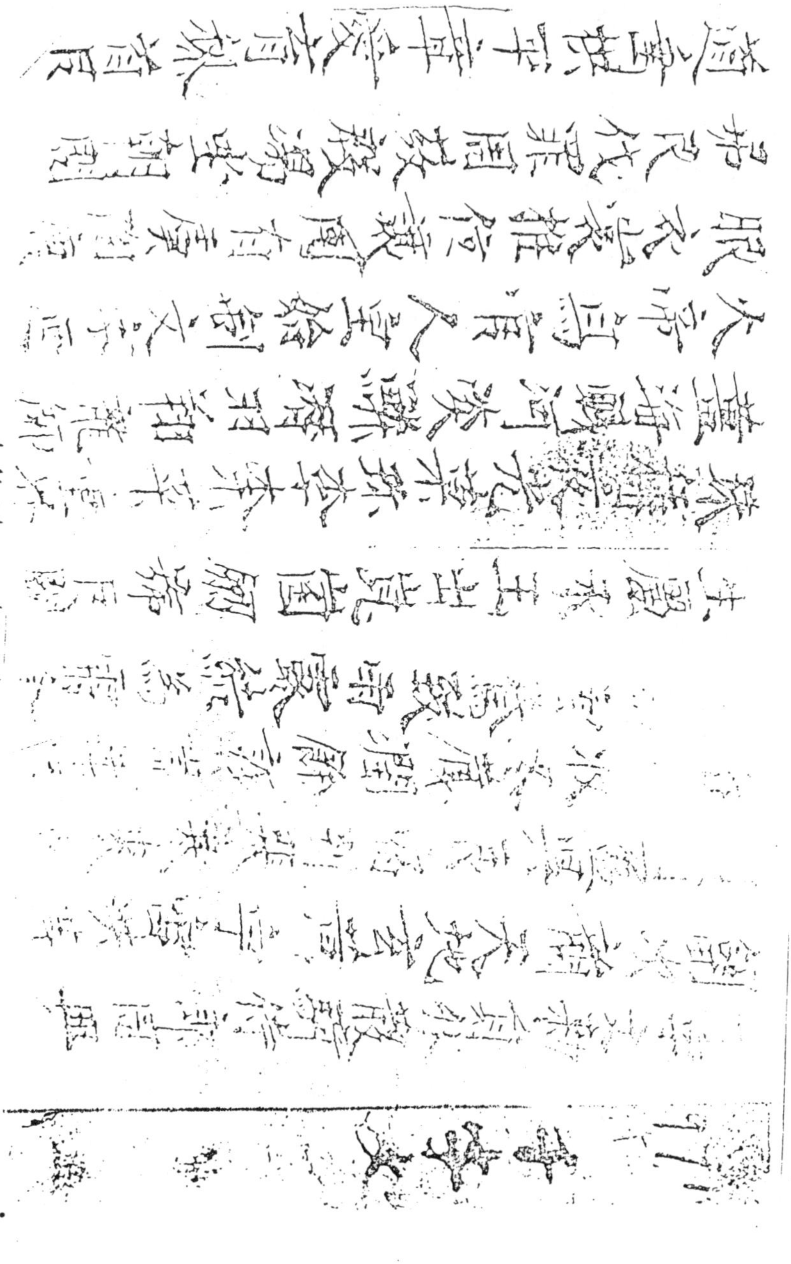

千字文・周興嗣次韻
（倫敦斯五四五四卷子影本）。

開蒙要訓（倫敦斯五四三一卷子影本）。

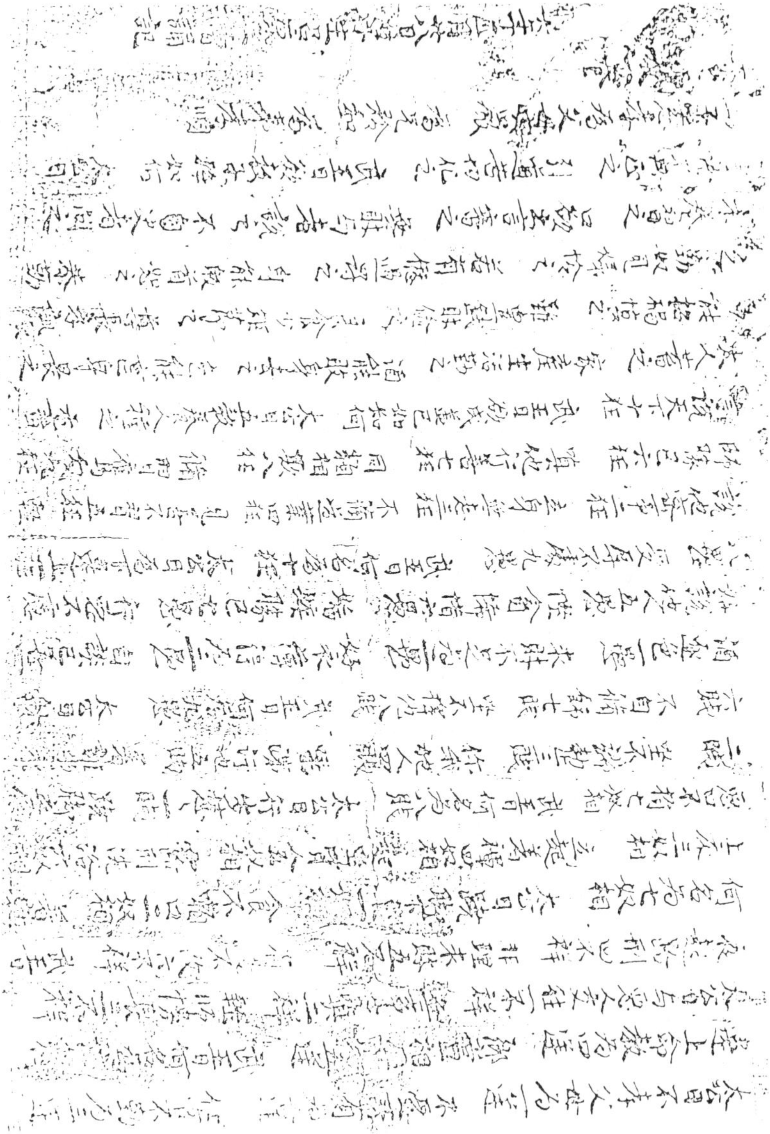

太公家教（倫敦斯四七九卷子影本）。

古賢集（巴黎伯三一七四卷子影本）。

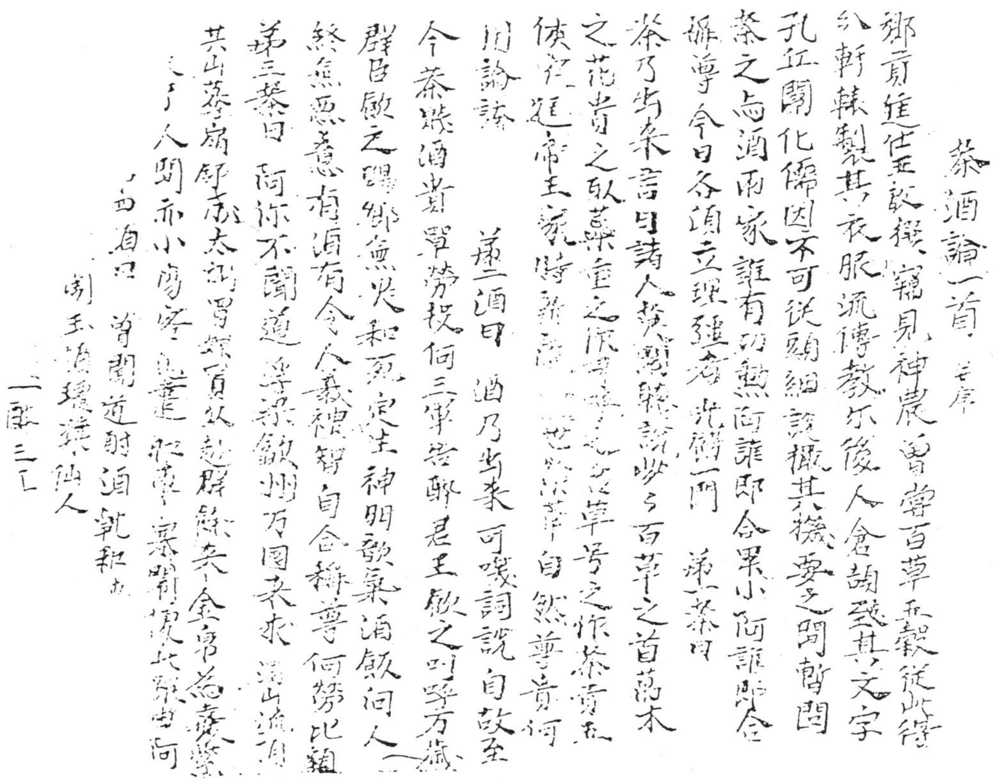
茶酒論一首并序
鄉貢進士王敷撰　竊見神農曾嘗百草五穀從此得
分軒轅製其衣服流傳教示後人倉頡致其文字
孔丘闡化儒因不可從頭細說撮其樞要之問暫問
茶之与酒兩家誰有功勳阿誰即合卑小阿誰即合
稱尊今日各須立理強者先光一門　第一茶曰
茶乃出來言曰諸人莫鬧聽說些些百草之首萬木
之花貴之取蕊重之摘芽呼之茗草號之作茶貢五
侯宅奉帝王家時新獻入一世榮華自然尊貴何
用論誇　第二酒曰　酒乃出來可笑詞說自古至
今茶賤酒貴單醪投河三軍告醉君王飲之叫呼萬歲
群臣飲之賜卿無畏和死定生神明歆氣酒食向人
終無惡意有酒有令人義禮智自合稱尊何勞比類
第三茶曰　阿你不聞道浮梁歙州万国來求　蜀山蒙頂
其山驀嶺舒城太湖買婢買奴越郡餘杭金帛為囊素紫
天子人間亦少商客來求舡車塞紹據此蹤由阿
誰合小　第四酒曰　曾聞道劑酒乾和博錦
制玉酒瓊漿仙人
二酥三乙

茶酒論（倫敦斯四〇六卷子影本）。

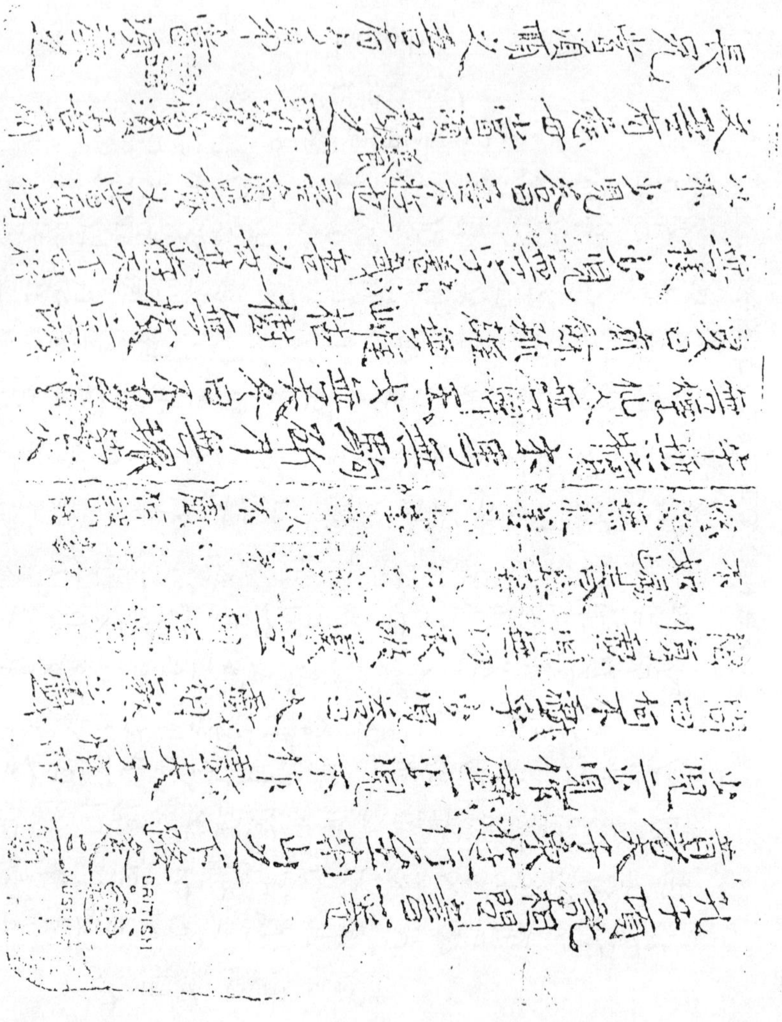

孔子項託相問書（倫敦斯八五二九卷子影本）。

自序

兒童爲人類生命的幼苗，未來寰宇的主宰，成人對他們抱有崇高的理想與希望。由於兒童本身的可塑性極大，他們在學習的程序上，是行遠自邇，登高自卑的；在教育的影響下，他們是先入爲主的，所以自古無論家庭、社會、學校，爲奠定兒童良好的基礎，都費盡心思地去灌溉培育，但是古代傳統以成人意志爲意志，忽視兒童心智健全成長的教育方式，已爲今日兒童學專家所反對，他們一致認爲兒童應當脫離成人的從屬地位而獨立，一切的教育措施，應該配合著兒童心理與生理的發展。

這種觀念的建立，當起源於法國學者盧梭（J.J. Rousseau 1712—1778），他在愛彌兒（Emilo, 1763）一書中極力宣揚兒童的意義與價值。接著又有德國福祿貝爾（F. Frocbel 1782—1852），特別強調兒童教育的重要，他認爲兒童教育是人生教育的基礎，一個人一生中多數的基本習慣都是自幼兒時期培養而成的。因爲他們的鼓動，使得兒童逐漸地受到普遍的注意。所以於民國十三年（西元一九二四年），日內瓦發表了「兒童權利宣言」，說明兒童是需要特別保障的。到了民國四十八年（西元一九五九）聯合國大會正式地通過「兒童權利宣言」，使兒童受到完全的尊重，脫離成人的從屬地位而獨立。

由於兒童本身受到重視；於是有關兒童知識灌輸與精神養護的讀物，也就應運而起了，「兒童文學」的專名，也隨之而生，並且在文學的領域中，佔著相當重要的地位。同時基於科學的昌明，更將對兒童的研究，由哲學空談時期，帶入了科學實驗期，研究兒童的專著，眞如雨後春筍，層出不窮。無怪瑞典女教育家愛倫凱（Ellen Key 1849—1926）要說：「二十世紀爲兒童的世紀」。

兒童文學是足以滋潤兒童心靈的雨露，爲啓發兒童智慧的金鑰匙。它以高超的意境，深遠的含義來薰陶、感動兒童的心靈，培養兒童優美的情操和堅強的意志。雖然「兒童文學無國界」，但是由於各國有屬自己的民族性、歷史文化與風俗習慣，而各個國家的兒童，又都是他們自己國家的民族文化幼苗，所以對兒童的教育，與文學的培養，應該根植於本國的傳統文化。可惜！目前我國兒童文學受西方影響，難以顯現出中國文學的特質。誠如林鍾隆先生所說：

> 外國人批評中國近代的詩、小說，都是外國詩和小說的翻版。國人所寫的兒童小說、童話，也有人批評說是「洋罐頭改裝」。

由於我國兒童文學缺少個別性，於是林鍾隆先生接著指出國人對兒童文學所應秉持的態度及努力的方向，他說：

> 偉大的創作，固然需要有能被不同國家，不同民族的人了解、欣賞的共通性，但是，也要與世界各國的作品放在一起時，會特別發放中國的、中華民族的光輝這個別性。這個別性，不僅僅在於文字的不同而已。
>
> 中國人「只知道羨慕外國」的歷史已夠長了，這種時代是該結束了。現在該是國人看重自己，也叫外人看重自己的時候了。

林先生眞誠懇切的一席話，怎能不令我們深深反省呢？想想我們這一個具有悠久歷史文化的國家，何以當今我們的兒童，所接受的文學，卻多半是由西洋兒童文學改裝而成的呢？像這樣的文化古國，却讓人譏笑爲「沒有兒童文學的國度」，而身爲炎黃子孫的我們，能不感到痛心嗎？

近世紀由於敦煌遺書及敦煌藝術品的發現，使得敦煌學成爲與甲骨學並駕的顯學之一。敦煌遺書自清光緒二十五年（西元一八九九年），在古稱莫高窟的敦煌千佛洞中，被道士王圓籙無意中發現後，立卽流傳開來，今英國不列顚博物館計藏有九千卷之多，法國巴黎國家圖書館也藏約五千卷。此外還有部分卷子流入日、德、俄等國的。其他存在北京圖書館的有九千餘卷，而臺灣故宮博物院也尙保有僅存的三百餘卷。世界各國學者對這些寶貴文獻，除了爲它編製目錄、抄寫、照相、複印、製微卷外，更重要的是取它做各種的研究。光是日本東洋文庫敦煌文獻研究論文目錄，所收日本人發表有關敦煌學的論文，就已經接近千篇，若再談到一九五九後全世界的研究論文，其中內容的多采多姿與研究風氣的熱絡情形，我們是不難想像的到。

雖然敦煌文獻如潘師石禪所說，已由隱晦艱苦的時期，到達昌明安定的境界。全世界的學者也都直接或間接從事研究工作，可見敦煌文獻在世界學術文化上，確實受到廣泛的重視。但是在敦煌古鈔漢文卷册中，有關訓俗養蒙的文學傑作，却一直沒有人作系列研究，由於它是中國兒童文學的原貌，足以讓人們對我國兒童文學有正確的認識，也能使當今從事兒童文學的工作者，擷取本國兒童讀物的資料來灌漑我們自己的幼苗。所以個人不惴淺陋，撰寫敦煌兒童文學研究一篇，全文共分成七章：

第一章「兒童文學的定義」。分作三個段落，先對「兒童」與「文學」有了基本的認識與了解之後，再綜論專家對兒童文學的看法，配合兒童學的觀點，劃出兒童文學的義界，並說明中國兒童讀物的文學性。

第二章「敦煌兒童字書」。共分三節，先後介紹普遍通俗的三本兒童字書：千字文、開蒙要訓、百家姓。分別探討各書的作者、時代，說明寫作的形式與內容，再以兒童學的觀點，評論得失。

第三章「敦煌家訓文學」。全章專就太公家教來作研究，由於這種家訓文學是我國特有的兒童文學，值得我們注意的。

第四章「敦煌二十四孝」。目前所見敦煌資料僅有「故圓鑑二十四孝押座文」，因此無法確知二十四孝完整的形式與內容，所以僅能就此押座文與今日所見二十四孝略作介紹，重點則放在孝道讀物在傳統文化上的地位及其對兒童所產生的影響。

第五章「敦煌傳記文學」。首先說明傳記文學的意義，再根據敦煌古賢集所涉及的各類偉人，分別介紹他們足以觸發兒童仰慕之情的偉大事蹟。並說明此種讀物對兒童的重要性。

第六章「敦煌童話寓言」。首先解說童話寓言的意義，再將全章分鷰子賦、茶酒論兩節介紹。由於這兩篇都是寓言作品，所以先探討它們產生的特殊背景，接著說明它的寫作形式，介紹精彩的內容。最後再以現代兒童文學的標準，評定它們在兒童文學上的地位。

第七章「敦煌傳說故事」。本章先講解傳說故事的本意，再就敦煌孔子項託相問書來探討這篇傳說故事的由來，進而論及寫作的形式與相問答的內容，最後再以兒童學的觀點評斷這篇傳說故事的優缺處。

目前敦煌學爲新興的顯學，而二十世紀又是兒童的世紀，因此敦煌兒童文學是當今的重要課題。但因敦煌有關兒童文學的資料，非常豐富，而個人無法完整獲得全部資料，所以不免會有遺珠之憾，但待日後再逐一補述。由於這是一篇起頭試探我國兒童文學的論文，在這草創之初，雖然很難要求得很完美，但是個人已盡力去做，而疏漏的地方，仍是無法避免，尚請師長方家，多多賜予指正教誨。最後對於　潘師石禪命題立意、借閱資料、改正文字以及　葉師詠琍不憚煩瑣地教示理論、解析疑難、呵護激勵，謹致以最崇高的謝意，二先生栽育的恩德，永誌難忘。

中華民國七十年歲次辛酉端午雷僑雲謹序於華岡

敦煌兒童文學

目錄

第一章　兒童文學的定義

兒童文學一詞，英文為Children's Literature，法文為La Literature des enfant，德文為die Literatur der Kinder或Kinderliteratur，西班牙文為Las Chicos Literario，日文為「児童文学」，各國的稱謂雖然不一致，但都是指「兒童的文學」。而「兒童文學」，四字中却含有兩個重點，一個是「兒童」，一個是「文學」。因此研究「兒童文學」，首先要對「兒童」與「文學」有正確的認識，然後才可再進一步討論「兒童文學」的定義❶。

首先我們要了解什麼叫做「兒童」？「兒童」存在的意義是什麼？個人認為義大利蒙特梭利女士（Maria Montessori 1870—1952）的說法最周詳，並且對兒童發出最高的禮讚。綜合她的論點有下列數條❷：

一　兒童是上帝創造的奇蹟

蒙氏說：

> 從精、卵子的結合，至胚胎的成長，嬰兒的誕生，再至兒童人格的形成，乃源自兒童內在神秘的自然法則，這是唯獨賜給新嬰兒的「導引本能」（guiding instincts）。

一切都是上帝所創造的奇蹟。只有兒童才能顯明自然對人類的種種計劃。

二　兒童是愛的泉源

蒙氏說：

愛的本質卽童年的特質，……兒童心智不加評判、拒絕、反抗地吸收一切，……他凡事忍耐，當他來到世間，不論生於何種境地，他都快樂地去適應。他凡事樂意接受，凡事抱着希望，他平等地接納富裕與貧窮，接納他同胞的任一宗教、偏見與生活習慣，這就是兒童！兒童就是愛的泉源。只有兒童才能引領我們走向愛的發源地。

三　兒童是人類之父

蒙氏說：

童年構成了成人生命中最重要的因素，因為在童年之時，人格的基礎就奠定了。換言之，成年的生命型式是由幼年來決定的，在早年就已奠定基礎了。所以兒童是人類之父。

四　兒童爲軟臘

蒙氏說：

成人常以自己的意志來代替兒童的意志，成人的「禁忌」，猶如一種催眠性的建議，無形中支配兒童。……父母自視為兒童與其內在生命的原動力。指示兒童行動，給予兒童建議，……自認為有如「神以其形像造人」般地製造了兒童。……是成人製造兒童的無能、混淆與反抗。是成人摧毀了兒童的品格，剝奪了兒童形成品格的活力；甚至是成人影響兒童心理的偏差與品格的缺陷。如此錯誤地世代相傳。

五　兒童是精神胚體

蒙氏以「具體化」（incarnation）來描繪兒童身心發展的歷程。因爲她認爲基督最奧妙的神祕之一就是「具體化」，正如聖經上所說：「道成肉身，住在我們中間。」此種神祕可比類於人類的，就是每個剛誕生下來的兒童，因爲這個幼兒正是精神附於肉體內而來到世間的。正因爲兒童是個精神胚體，故需要屬於自己的特殊環境以完成其具體化歷程，所以需要一個富於愛與營養的外在環境來保護他。

六　兒童是個探索者與觀察者

蒙氏說：

兒童是個敏銳的觀察者，他們能明察秋毫，看到我們無法想像的東西。……他們具有觀察與吸收各種意像與行為之能力。他們不僅吸收事物的意像，也吸收事物間的相互關係。

蒙氏反對將兒童看作成人的縮影，並在「教會的小兒女」（The Child in the church）一書中說明：兒童與成人是人類生命的兩個不同型式，是同時進行且相互影響的兩極。

蒙氏的論點，除了說明兒童的特質與重要性之外，她強調兒童與成人相互的關係，想要將兒童自成人附屬地位獨立出來。這種看法，成爲後世兒童文學專家研究兒童的重要理論根據。在國內，例如吳鼎就曾說：「兒童並非成人的縮影，也不是具體而微的成人，兒童自有兒童的獨立生命❸。」又嚴友梅童話淺談❹也說：「兒童就是兒童，他絕不是『具體而微的成人』。」

因此兒童自然大不同於成人，所謂「兒童期」的年齡範圍究竟有多大呢？據生理學家的見解，人生大約可分爲三期：一、身心發展最快的兒童期；二、身心都已成熟的成年期；三、身心逐漸衰退的老年期❺。兒童期是人生發展過程的起步，他所包括的範圍，依心理學家說法，應該是人自出生到機能成熟的時期，而這時期又可分爲前、後兩兒童期❻。

一　前兒童期（early childhood）

最初六年，通稱「前兒童期」或「未屆學齡期」。此期生活的內容，只有遊戲，無所謂工作。若再細分此期，又可分數期：

㈠　初生期

範圍不甚確定，大約指初生後的十天或一個月間。此時生命必須的生理作用和五官的功能，大都具備。而且已有許多複雜的活動。但是比其他動物來，人類的初生兒是極軟弱而不成熟的。

㈡ **嬰兒期**

範圍亦不確定。大約指會說話、走路以前一年半的時間。在此時期內，兒童學會許多人類所特有的能力，如用手取物，模仿他人行爲，準備學習說話和直立走路……等。

㈢ **幼兒期**

指一歲半至六歲，是育幼院、幼稚園等「幼兒學校」的時期。語言與身體運動的能力，在此期中發展完成。遊戲的種類大爲增加；建造和幻想，已經開始。同時對於自己的需要，喜歡學習自理，逐漸養成獨立自助的能力。又因個性發展的緣故，常和別人發生牴觸，但也逐漸地學習如何克制自己適應他人。

二 後兒童期（later childhood）

自滿屆學齡至性成熟，是後兒童期，大部份相當於小學的時期。此時爲形式學習的開始，學童的學習是努力有意的。不但在學校獲文字的教育和各種基本的知識，而且對課外足以引發興趣的一切事物，都感到好奇，願意學習。他們並不需要大人的看護，喜歡和年齡相近的同伴相處，並接受兒群的規律習尚。

雖然心理學家們對於兒童期的劃分，尚有少許出入❼，但都以人類發情期之前爲範圍。他們對於兒童的心理發展過程說解的非常詳盡，但是，發情期間的人，身心尚未完全成熟，而以此爲兒童期的劃分界限，實在値得商榷。

至於中國自古對「兒童期」的看法如何？東漢許愼說文說：「兒，孺子也。从儿，象小兒頭囟未合。」，清段玉裁注說是：小兒初生下來，腦囟未合的樣子。明張自烈於正字通說：「兒，初生子也，一曰嬰兒。」，可知「兒」指初生的小孩子，也就是嬰兒。又「童」字，釋名釋長幼說：「十五曰童，女子之未笄者亦稱之也。」，廣韻一東訓童說：「童，獨也，言童子未有家室也。」，正字通的說法也與此相同，所以「童」是指尚未結婚的人。此種由出生至結婚爲兒童期的說法，年齡範圍顯得曖昧不明，難以爲憑。

近代生物學與生理學家，從生物發展和生理解剖上證明，認爲人類的身心狀態，非經過二十五年左右，才能夠嶄然獨立於社會，所以他們一致讚同：人類從受胎到二十五歲爲兒童期。教育學家，也採此說法，依兒童身心各期發展狀況，決定各級適當的教育，他們的分法及各級教育的教育名稱如下❽：

一、從出生到四歲，稱爲嬰兒期，受保育教育。
二、從四歲到六歲，稱爲幼兒期，受幼稚園教育。
三、從六歲到十二歲，稱爲兒童期，受小學教育。
四、從十二歲到十五歲，稱爲少年期，受初中教育。
五、從十五歲到十八歲，稱爲前青年期，受高中教育。
六、從十八歲到二十五歲，稱爲後青年期，受大學及研究所教育。

參看各國學制，對教育各階段年齡的劃分，大致都與此分法相同，由此可證明它的正確性。

但是，兒童文學上所指的兒童範圍，却不完全與上述說法相符，其原因以吳鼎先生於兒童文學研究所說最爲圓通，他說：

> 兒童文學上所指的兒童，就是泛指幼稚園和小學兒童而言。換言之，就是四歲至十二歲的兒童。可以向下延申到二三歲的嬰兒，也可以向上延展至十四歲的少年。因為在生命的過程上，兒童與幼兒，兒童與少年，有其延續性。兒童身心發育，有早有遲，很難依年齡來劃分的。英美各國，對於十四五歲以上的少年和青年，另有「青少年文學」，則可知兒童文學中的兒童，係指十四五歲以下的兒童而言了。❾

其他兒童文學專家，如梁容若所指兒童期範圍❿，也與吳先生所言相同。

對「兒童」已有具體概念，再則探討「文學」，但在論「文學」之前，要先了解「文」的涵義。「文」的本身具備多重意義，分述於后：

一、花紋　是「文」的語源，指線條交錯的純體象形。說文文部說：「文：錯畫也，象交文。」

二、複雜　非單調卽複雜。易繫辭傳說：「物相雜，故曰文。」

三、組織　有條不紊卽有組織。周禮天官典絲喪紀共其絲纊組文之物，注：「青與赤謂之文。」禮記樂記載：「五色成文而不亂。」其意義由線的交錯逐漸轉向顏色的配合。

四、文字　文有「文字」的意義，例如左傳宣公十二年有「夫文，止戈爲武」之語，這是說在文字的構造上，武字是由止戈二字合成的，此卽用爲文字之義。

五、文辭指言語美化而有文飾的。釋名釋言語說：「文者會集衆綵以成錦繡，會集衆字以成辭義，如文繡然。」

以上爲「文」所包含的各層意義，綜言之則以錢基博現代中國文學史中所說最爲周備，他說：

> 所謂文者，蓋複雜而有組織，美麗而適娛悅者也。複雜，乃言之有物。組織，斯言之有序。然言之無文，行之不遠，故美麗爲文章之止境焉！⑪

誠如錢氏所言，「文」就是以文字記載，有內容、有組織，並加以潤飾、美化的。

而「文學」一詞，在中國典籍中，是泛指一切學術，包括經、史、子、集、以及一切說理、敍事、表情、達意的作品，雖然含有美的成份，但意義非常廣泛，就是今日所謂的「廣義文學」。其後社會日益進化，學術分類亦趨於嚴密，至六朝蕭統文選，才定出純文學標準，他的範圍限於詩歌、辭賦、詞曲、小說，以及部分偏重於感情想像且能引起美感的作品，此所謂純文學，卽今日所謂「狹義文學」。茲分別說明於后：

一　廣義文學觀

廣義文學，是指利用文字記敍的一切思想與記錄，舉凡所有學術及表情、達意、說理、敍事的作品，均屬廣義的文學。

先秦視文學爲一切學術的總稱。孔子在論語中屢次提到「文」、「文學」與「文章」，如「子以四教：文、行、忠、信。」（述而篇）「行有餘力，則以學文。」（學而篇）「君子博學於文，約之以禮。」（雍也篇）「文學：子游、子夏。」（先進篇）「夫子之文章，可得而聞也。」（公冶長）「煥乎，其有文章。」（泰伯篇），孔子的意思，是將文、文學、文章合而爲一，都是泛指一切學識文物制度而言。

孔門之外，諸子百家的文學觀也與論語所指相類似，即言廣義文學，都包括政刑禮制等一切學術；唯儒、墨是崇尚文學，而法家却痛加詆訶，在態度上不同而已！

兩漢承襲先秦廣義文學觀[12]。但隨著時代的改變，文體逐漸孳乳，辭賦大加盛行，致使「文學」與「文章」在名稱上已有顯著地區別了，當時「文章」的意義有二：一、仍指廣義文學，二、則謂非學術性的詩歌辭賦與紀事之文[13]。純文學的價值逐漸地擡高了，文學的涵義，也日益轉變。但廣義文學對後世却產生了明道經世和實用主義的文學觀[14]。

這種經世實用的文學觀到了唐宋，如韓愈、柳宗元等都主張載道之文。周敦頤、歐陽修、二程及朱熹等，也主張廣義的經世之論。然以明末清初顧炎武日知錄所說的最爲具體，他說：

> 文之不可絕於天地間者，曰明道也，紀政事也，察民隱也，樂道人之善也。若此者有益於天下，有益於將來，多一篇多一篇之益矣；若夫怪力亂神之事，無稽之言，剿襲之說，諛佞之文，若此者有害於己，無益於人，多一篇多一篇之損矣。

顧亭林所說的文，乃泛指一切文學作品而言，凡是明道、紀政事、察民隱、樂道人之善的作品，才可算是有價值的文學，反而視象徵比興、唯美尙情的作品爲無價值的文學。至清末民初，國學大師章炳麟國故論衡文學總略說：「著於竹帛謂之文，論其方式謂之文學。」稍後又說：「凡云文者，包羅一切著於竹帛者而言，故有成句讀之文，有不成句讀之文，兼此二事，通謂之文，局就有句讀者，謂之文辭。」依此而論，則所謂文學者，不但包羅一切典章學術以及凡是會字爲文，以成辭義，文以足言，言以足志，彌綸宇宙，統括古今，乃至乾包坤絡，聖作賢述，皆稱文學⑮，如此說來，那麼文學的範圍可擴大至無限了！

二 狹義文學觀

狹義文學是專指「美文」而言。所謂美的文學，論內容，則感情豐富，而不必合章法；論形式，則音韻鏗鏘，而或出於整比；可以被絃誦，可以移性情！

純文學自兩漢開始萌芽⑯，東漢王充論衡書解篇以「著作者爲文儒，說經者爲世儒。」三國劉劭人物志流業篇也說：「蓋人流之業，十有二焉。……有文章，有儒學。……能屬文著述，是謂文章；司馬遷、班固是也。能傳聖人之業而不能幹事施政，是謂儒學；毛公、貫公是也。」於是宋范曄後漢書於儒林傳外別立文苑傳，經生與文士從此分開。南朝時，由於魏、晉浪漫思潮的影響，對文學之新觀念，亦已大致確立。宋劉義度世說新語文學篇所述，限於詩人文士。梁昭明太子蕭統所編文選，爲「遠自周室，迄於聖代」（即梁代，昭明文選序語）的文學總集，亦未收錄經、史、諸子之作品。文選序謂經書乃「孝敬之准式，人倫之師友」；子書「以立意爲宗，不以能文爲本」；史書則「所以褒貶是非，紀別異同」：皆非文學，故未收入文選。文選所收者爲：「若其讚論之綜緝辭采，序述之錯比文華，事出於沈思，義歸乎翰藻，故與夫篇什，雜而集之。」由此可知蕭統認爲文學當具備二要素：一、有內容，有思想。二、以麗辭佳句表現。他的標準偏重想像與感情，同時用眞實美妙的言語文字，來表現人生，以引起讀者美感與同情，此種作品爲狹義的純文學。諸如韻文詩歌、辭賦、樂府、詞曲、小說、駢文和古文、以及部份唯美文章，都列爲主要內容。清阮元於文選書後說：

> 昭明所選，名之曰文，蓋必文而後選也，非文則不選也。經也、史也、子也、皆不可專名之為文也。

梁元帝把文學和學問的區別，明白道破，在金樓子立言篇說：「揚搉前言，抵掌多識者謂之筆；詠嘆風謠，流連哀思者謂之文。」又說：「至如文者，惟須綺縠紛披，宮徵靡曼，脣吻搖會，情靈搖蕩。」他顯然視「筆」爲談論學術的實用文字，而以「文」爲發表情感的抒情文字。劉勰文心雕龍總述篇也談到文與筆，他說：「今之常言，有文有筆；以爲無韻者筆也，有韻者文也。」至此，文學僅限於韻文，六朝而下，「文學」成爲「有韻之殊名」，立界極嚴格⑰。

由以上廣義與狹義文學觀的敘述，我們知道，廣義文學以載道爲重心，也就是以求「眞」爲目的，而狹義文學則著重文章寫作的形式技巧，是以「美」爲標準。「眞」與「美」又都是文學的內涵，所以二者在文學史上的消長，說明了中國「文學」的界說是隨著時代文風而歷有變更的。

文學的界說雖歷有變動，但文學所秉賦的特性却是相同的，王志忱先生的文學原論曾說明文學的特性包括它的個別性、普遍性和永久性，現分述於下：

一　文學的個別性

文學作品是一種人類情感的自然流露，並具有獨立生命的藝術，所以作者必須以自身與衆不同的個性寫入作品，如此才能創造出內容、藝術技巧皆具獨特風格的作品。關於作者的個性，日本文學家小泉八雲在文學的解釋一書中說：

一般的人，在習慣、思想、感情各方面，彼此的差異並不太大。而智慧高、感受性強的人，個性便顯著的發達，對同一事物看法各不相同。這種不同，表現在文學作品上，便形成獨特的風格。[18]

小泉八雲指出，作家的個性並非單指某個作家的性格，實際上包括了作者整個生活的總和以及文學的修養。由於各個作者個性的不同，所以創作文學作品也就隨之而異了。許義宗於兒童文學論中也說明文學個別性的形成，他說：

文學作品是各種人的產物，其所表現的是個性的流露，個人情感的表現；而讀者欣賞一篇文學作品所引起的情感，亦是因人而異，並非一致的。也就是說文學作品是作者人格的產物。人格不同，則所寫的文字，也就要隨之而異了。

接著又說明了文學個別性的重要與價值，他說：

一部有價值的文學作品，必須具有「個性」，使讀者欣賞之後，覺得它是與衆不同的。模仿的作品所以不被重視，就是因為它沒有個性。

對於這種文學作品的個別性，中國歷代的學者、文人以及文學批評家都是非常重視的[19]。但在五四運動之後，文學的觀念，受到西洋的震憾，所提出文學的見解大都是抄譯西洋的成說，或參酌西洋文人的主張，很少有個人獨創的見解[20]，翻譯的文學作品源源不絕，文學創作也抹上了西洋的色彩，在這種理論、創作皆以西洋爲根底的文學中，不再容易看到中國的歷史文化、風俗習慣，以及特殊的民族性，因此，吳鼎曾經說過：

在二十世紀，六十年代中，各國兒童文學真如雨後春筍，欣欣向榮，內容與形式，莫不爭奇鬪勝，蔚為大觀。反觀我國兒童讀物，顯得非常貧乏。坊間雖有少數出版品，大半均係從外國翻譯而來。本來「兒童文學無國界」，凡是優良的兒童文學，不論出自那一國，都可以依照版權規定的手續譯成本國文字，供兒童閱讀。但是各國有各國的民族性，各有其不同的歷史文化與風俗習慣，出自本國的兒童文學，多少能表現出本國的特殊風格和社會背景，也就更能適合本國兒童的需要，我們同時也希望能創造中國的兒童文學[21]。

吳先生所說的雖然僅在兒童文學這方面，但是與中國現代所呈現整個文學的狀況並無二致。在這種西洋文學充斥的情形下，能不令我們重視比作家個人風格意義更重大的國家民族作品的個別性嗎？

二　文學的普遍性

文學作品除了具備作者自我表現的個別性之外，同時，因為它描寫人性，反映人生，於是使文學作品又具有普遍性。

個別性與普遍性，從字面來看，似乎不能相容，但事實上這兩種特性是同時並存於文學作品中的，並不相衝突，王志忱文學原論曾指出其中原因，他說：

> 因為，文學家雖因先天秉賦與後天環境之不同而表現各異，但這種千差萬別的情形，絕不會超出人類的共性與人生形相之外，因此作品中所表現的，固然是作者個人的思想情感生活經歷，而這種思想情感生活，往往為人所共有，於是這篇作品便有了代表性。代表性愈強，普遍性愈大。一篇有普遍性的作品，才能打破地域國界，使千千萬萬的讀者，同情作者之境遇，感於作者之熱血熱淚，發生心弦的共鳴。所以一篇感人

的作品，其技巧雖是人人筆下所無，而內容卻是人人心中所有。人人筆下所無，是作品個別性的表現；人人心中所有，是作品普遍性的表現。

所以，文學的普遍性是讀者對作家作品所發出來的共鳴，這種共鳴是可以超越空間，打破地域國界，令千萬讀者有「心之所同然」的感覺。亨特（T.W.Hunt）在文學原理及其問題中便說到：

文學的世界裡也有同溫線，就是表現於不同民族的文學作品裡的心思上的類似點，以致相去極遠的人也能接近而生同情的線㉒。

亨特指出：人類因爲心性有類似之點，所以不同民族的文學作品，可以彼此互相接受，這與荀子不苟篇所說：「千人萬人之情，一人之情也。」的道理是相同的。

由上所說，我們可以知道一個事實，那就是一部文學作品，只要能普遍的被讀者接受，自然成爲名著，所以普遍性對文學作品來說，是非常重要的。

三　文學的永久性

構成文學永久性的基本因素有二，一是作品的個別性，一是人類情感的持久性。王志忱教授首先說明文學作品的個別性如何構成文學的永久性：

因爲，輸入了作者生命的作品，才具有個別性，具有個別性的作品，才是真藝術，一件美好的藝術品，絕不會受時間的影響而失去原有的光彩，它將被千載後的讀者所欣賞崇拜，而永垂不朽㉓。

作品本身有了作家的個別性，是指文學作品本身具備了永久性的價值，但只有文學作品有永垂不朽的價值是不夠的，還需要得到讀者情感的共鳴，王志忱教授接著說：

讀者被作品所引起之情緒，雖不能持續很久，而整個人類的情感，却是久久不變。幾千年以來，雖然時代變了，人們的思想、知識、生活方式，隨著時代改變很大，而在情感這方面，却沒有什麼改變。亦卽古人之悲喜仍可代表今人之悲喜，今人之哀樂，實無異於古人之哀樂㉔。

所以，不論古今中外，只要文學作品，有作者自己獨創的風格，表現人類持久的情感，刻劃出亘古不變的人性，它就是屬於永恆的。

除了上述三種文學特性外，許義宗在兒童文學論中提到另一個特性，就是文學的鼓舞性，他說：

文學作品是是非的勸諫，是美的創造，是真理的探求。因為它都能以博愛的精神，給人以憐憫，予人以勉勵，使人生獲得一個轉機或希望。

許先生以鼓舞性爲文學的特性之一，是站在文學的實用立場上而說的，正與中國載道文學觀是一致的。

兒童與文學已經有了初步的認知，現在我們再談論一下本章的主題——兒童文學。兒童文學是文學領域的幼苗㉕，爲文學中重要的一環㉖，雖然是屬於特殊獨立部門，但它的旨趣與普通文學並無顯著的差異㉗，況且兒童文學於本質上的仍脫離不了文學的範疇㉘，所以文學的觀點是足以左右兒童文學的定義。但是，近世兒童學㉙的興起，也讓人們對兒童文學產生特殊觀感，所以現代專家學者，多基於純文學的立場，或配合兒童學的論證，定出兒童文學的意義，如吳鼎先生說：

所謂兒童文學，應該用兒童的思想，兒童的想像，兒童的語言，兒童的情感，透過文學的手法，描寫大自然的景像，動植物的生活，人和物的刻劃，動和靜的素描，用以增進兒童的知識，陶融兒童的美感，堅定兒童的意志，充實兒童的生活，誘導兒童的向上心理，便是兒童文學㉚。

謝冰瑩女士說：

以真摯的情感，豐富的想像，優美的文字，有系統地敍述一個含有教育意義的故事，而能引起兒童的興趣，啓發兒童的智慧，培養兒童的品德者，叫做兒童文學㉛。

葛琳教授說：

兒童文學英文為 Children's Literature，意思是說：「兒童的文學」。因為兒童在生理、心理以及知識領域各方面都與成人不同。因此特別為兒童「設計」與「寫作」的作品，凡是能充實兒童生活，豐富兒童生命，滿足兒童需要，啓發兒童智慧，誘導兒童向上以及能引起兒童興趣的作品，都是兒童文學㉜。

林良先生指出兒童文學是：

為兒童創作的文學，它有藝術價值；是純文學的一種形式㉝。

他又繼續說：

兒童文學作品……當然是「文學」的。——就是這「文學」，純「文學」，充滿光輝的藝術教育價值㉞。

趙鉦愷先生說：

純粹的兒童文學是情感和藝術的結晶，像芳香可口的食品，用不着督促，兒童自然會去親近它、吸收它、受它的感染。兒童文學不管題材如何，都包含著高貴的同情、純潔的想望、生命的啓發和創造慾的鼓動㉟。

許義宗先生說：

走入兒童的世界，以真摯情感，豐富的想像，優美的文字，藝術的形式，正直的思想，透過文學的手法，而能引起兒童的興趣，啓發兒童的智慧，擴充兒童的經驗，培養兒童的品德，激勵兒童奮發向前、向上、向善的有趣的作品，就是兒童文學㊱。

又有不知名作者的兒童文學一書說：

所謂兒童文學，就是用兒童本位的詞類組成投合兒童的心理的文字，表現兒童的精神生活；藉以擴大兒童的想像，增進兒童的興趣，活潑兒童的情緒的文學。簡括的說，卽文字明白淺近，內容饒有趣味，深合兒童心理需要的一種文學㊲。

以上爲兒童文學專家對兒童文學所下的定義。以今日兒童文學發展的面貌來看，諸家說法皆爲精闢言論，但是部分學者則以今日兒童文學的標準，來衡量中國古有的兒童讀物，說什麼「其迂實不可及」，又指責先儒前賢不應把「正心誠意」「治國平天下」的大道理，生塡硬塞地注入幼稚的腦海中，至於教條的背誦更是枉顧兒童本能的發展，基於種種理由，一致認爲中國本無兒童文學可言，而兒童文學發端於西洋㊳，直到清末民初以後，才有正式專門爲兒童設計的書籍。此種情形，馬景賢先生於兒童文學發展之路一文上有所說明，他說：

辛亥革命成功之後，國家建設所面臨的最大問題，就是如何教育我們的兒童們。五四之後，胡適先生提倡白話文，對於發展兒童文學影響很大。民國九年，全國教育聯合會，擬定「各科課程綱要」時特別規定教材應以「兒童文學」為主，這是兒童文學正式受國家重視的開始。

馬先生所說的是兒童文學發展的一種狀況形態，這種現象是不容置疑的。但是，部分學者說中國本無兒童文學，乃源自西洋兒童文學，又中國古兒童讀物及教育方式爲戕賊童心的毒物，實有待商榷。

我個人對此問題經過再三思慮，發覺中國與各國兒童文學一樣是萌芽於「看圖識字」爲主的字書，並且中國文字的初文以象形字居多，又由於文字本身就是圖畫，所以較西方更有助於兒童初學識字的教導。但是却有部份專家稱中國無兒童文學，可能是他們拿今日兒童文學的界說爲準的來範圍古代童蒙書籍，而得到的結論。但我們知道理論並非一成不變的，也許有今日之所「是」，可能變成明日之所「非」的情形，所以我們應該將古代兒童文學的原貌，眞實的反映出來，絕不能以今日的是非，而抹殺它在當時所存在的意義與價値。誠如潘師石禪所說：「一切的學術研究，都要還其本原，但這並不是崇古抑今，而是爲了尊重當時代的習慣，所以要以先秦還之於先秦，以現代還之於現代，同樣地，也必須以敦煌還之於敦煌。」基於此一理由，我們要問：爲何中國古有以「兒童」爲對象的讀物，就不能夠稱爲「兒童文學」呢？

一般學者所以稱中國無兒童文學的重要觀點，不外乎認爲中國童蒙讀物多偏向知識的灌輸與道德的教訓，反覆地背誦，壓抑了兒童心智的成長。我們要先探究中國兒童文學內容，爲何多偏向道德知識的教導？我想這與西洋兒童文學早期著重宗教意識灌輸的道理是相同的，西洋是受到宗教道德觀念約束的，而我們中國文化向來以儒家思想爲中心，任時先在中國教育思想史上說明了儒家思想在中國歷史上所處的地位，他說：

中國教育思想應以儒家思想為其正統，二千多年來無論在理論上事實上都是如此的。儒家思想之所以能統治我國社會二千多年，正因他的思想是合於中國社會發展的軌轍與需要的，其思想本身亦具有存在的歷史價值。我們如果忽視這點，於認識我國文化上將有個不可挽救的錯誤。一般論者以為秦始皇焚書坑儒是儒家思想的破壞，自後儒學頗受影響，這是如何膚淺錯誤的觀察！老實說秦皇、李斯統一之政完全是以儒家思想為其最高基準的，一切政令法度絲毫未離孔、孟之道。魏、晉以後，佛老思想最有權威，然亦不能奪儒家之席。近百年來我國社會生活變化至劇，教育思想曾有一時的衝動轉變，可是儒家思想的領導地位仍然鞏固如初。晚近孫中山先生以三民主義繼其正統，集中國教育思想之大成。近來因社會生活的統一化、安定化，更形成一個完密龐大的體系，支配著整個中國的思想。不過這個思想能否繼存與光大，又全繫於中華民族的興盛。

接著又說明教育思想的內容與重心：

儒家的政治思想是仁義，教育思想是人文主義。儒家思想既是封建社會中的經典，則中國數千年封建社會中的教育思想當亦不能出人文主義之外，這是必然的。試問春秋、戰國以後，那一時代的教育思想不是以人格的修養德行的陶冶為主呢？

又說：

儒家思想最要緊的部分，便是人類精神道德的建設。建設之具體目標亦就是「忠孝」二字，其程序為從修身齊家一直做到治國平天下，以實現天下為公的大同世界為目的。國家的首要是君，凡是做人臣者都應盡忠的擁戴，這個國家才有治平的希望。家庭的首要是父，凡為人子者都應孝順，這個家才能齊。由忠孝再推而及於「父慈、兄良、弟悌、夫義、婦聽、長惠、幼順、君仁。」那是很容易的。從此，我們知道儒家的舊道德正是求中的折衷原理。

文化上既然是以儒家思想爲中心，自然童蒙教育的方針必定著重在人類精神道德的建設，致使兒童文學的內容，除知識性的灌輸外，多半寓有兒童人品道德修養的意義在內。這是在中國此種特殊文化背景下所創作出來的兒童文學，由於儒家思想的沿續與普遍，兒童文學內容的主題，也未曾離開這個範圍，這就是說明中國兒童文學爲何多著重知識灌輸與道德教訓的主要關鍵。

再則關於中國古童蒙教育，使兒童反覆背誦記憶的教學方式，是否是壓抑兒童心智發展的「毒素」呢？葛琳教授在兒童文學——創作與欣賞一書中說明兒童所具有的學習本能，他說：

我們都知道，人不是生而知之，而是學而知之的。在一生學習的當中，兒童時期是記憶力最強、吸收力最大、感受力最深、想像力最豐富的時候。兒童期被認為是學習的黃金時代，所以古人說：「少年之學如日出之光。」

可知兒童時期記憶力是最強的，而這種記憶能力的發展，與兒童的年齡有關，據孫邦正、鄒季婉教育心理學說明兒童記憶發展，他說：

一般說來，人類的記憶力，是隨著個體神經系統的發達而逐漸增加，尤其是大腦皮層的聯合作用，和記憶力的關係密切。嬰兒生後不久，能夠認識母親。到六個月，便能分辨母親的「喜容」和「怒容」，到了七八個月，就能夠辨別熟人和生客。這種認識作用，當然與記憶力的發展，有密切的關係。

可知兒童的記憶，是在出生後就起了作用。但是這種記憶作用，雖然出現的早，却很薄弱，要等到語言發達之後，才能有比較永久的記憶。孫、鄒二氏說：

> 從四歲起，兒童的保持能力迅速增加，能夠記憶語言的材料。到了十二歲至十四歲，保持的能力便達到了頂點。……兒童時代所記憶的，常保持到晚年而不忘，而成人卻不易做到，……兒童的生活較為單純，可以專心去記憶某些事情。

由以上教育心理的觀點來看，古代國子八歲入小學[39]，正是兒童記憶力非常發達的時候，反覆地背誦與記憶，並未與兒童本能的成長有所抵觸，同時以三字、四字為一短句的兒童讀物，兒童都能很自然地使用，譚維漢在發展心理學中提到兒童語言的發展在詞句方面的使用，他說：

> 從二歲起始至三歲常見兒童用三或四個字之短句。其句中多用名詞而少用動詞、連詞及介詞。三歲已可用完全句；六歲則可用各種構造之詞句。

由於三、四字的短句，小孩兩三歲就能夠適用，再加上兒童九歲之內的聽覺記憶很強[40]，所以三字經一類的讀物很容易被孩童接受。或許有人問，如此未加以解說的讀物，讓兒童記誦，是否太機械化呢？凌冰兒童學概論却指出兒童記憶是機械的，他說：

> 小孩子沒有批評的眼光和能力，不曉得那種事有價值，那種事沒有價值，所以只會記憶機械的和沒有價值的事物。

凌氏說明兒童的記憶是機械的原因是不可置疑的，至於記憶的事物是否有價值，那要就成人所給予兒童記憶的內容來論。亦耕先生在諷誦涵泳與語文教育一文中便說：

古代的童蒙教育說穿了只是背誦而已；諷之誦之，隨著心智的不斷發展，蔚成一片知識與義理交融的大海；於是涵之泳之，人格就在此中成長，古人的背誦，實不只是背誦而已。……如果能把背誦這些不值得背誦的教材的精力和時間，轉移到有恆常價值的傳統詩文上，那該是一項福音，不只是對文化、對教育，也是對莘莘學子的一項最佳福音。

亦耕更進一步指出我國傳統語文的特色，並且強調與西方是不相同的，他說：

諷誦的本身卽是一種涵泳；於是乎，語文訓練、藝術修養、人格陶冶三者合而為一，這是我國傳統語文教育的最大特色。在無條件接納印歐語系民族所構造出來的教學理論的同時，我不知道我們有沒有考慮到：他們的語文與我們的語文在本質上的差異？

說到這裡，無怪亦耕先生要說：「我總覺得在這種情況之下，我們失去的比所得的多太多。」配合以上近代兒童學㊶的觀點，我們可以確信中國童蒙教育的方式是配合著兒童心智成長的歷程，並無錯失，值得我們研究，並且加以發揚光大，如凌冰先生所說：

莫伊門氏 Meumann 謂記憶力在十幾歲時候發達最快，並繼續發達至廿二歲為止。赫爾氏 G. Stanley Hall謂記憶發達最快時在十歲與十三歲之間。所以他主張在這個時期的教育當注重記憶。若錯過這個時期，則將來再想記憶力發達甚不容易。照這個學說看來，則我們中國私塾的教授法當然是不錯的。因為他們教授蒙童就是強迫他們記憶。若是四書五經有強記的價值，則中國舊式的教育應當可為他國人所仿效。所以據我個人的眼光看來，則以前私塾的敎授法和教材，頗有我們研究的價值㊷。

凌氏指出私塾的敎授法和教材，是值得我們研究的，其中教授法是教育學討論的重心，至於教材的研究，應該由誰負責呢？經過前面的講述，我們知道：中國原有的兒童讀物與今日所謂兒童文學的基本精神是一致的，而且以道德教訓爲內容重點的特色，是在中國獨有的傳統背景下所形成的個別性，既然中國兒童讀物，古教材與今日兒童文學的實質是一樣的，所以從事兒童文學者，自然要擔負起研究的工作。事實上，中國古兒童讀物，並不僅限於私塾教授的材料，吳鼎兒童文學研究中說：

有數不清的大學者，他們偶然寫出的作品中，都有豐富的兒童文學的意義。雖然他們所採用的文字技術方面或編寫方式及技巧方面，不一定適合兒童的閱讀心理，但他們所寫的故事、寓言、神話、詩歌等等，却具有兒童文學的生命。

像這種文學作品，我們也應該列於兒童文學的範圍內來研究，美國兒童文學家梅格斯（Cornelia Meigs　）曾提出：「兒童文學是特別爲兒童們所寫的文學嗎？」這個問題，他的答案是否定的。他又說：

兒童文學在長久的年代以來，兒童們接納的文學的巨大總體，有的是跟成人共享，有的是他們所獨占的㊸。

梅格斯說明了兒童文學作品，一部分是成人特意爲兒童創作的，另一部分却是與成人共有的，譬如，希臘的「伊索寓言」，英國的「羅賓漢」，阿拉伯的「天方夜譚」等寓言和民間故事，現在都成爲兒童獨佔的讀物，萊弗的「魯賓遜飄流記」，瑞弗特的「大小人國遊記」，本來都是寫給大人看的，如今大家都承認爲兒童的讀物㊹。所以我國除了部分專爲兒童創作的讀物外，那些在成人看的成人文學界中能吸引兒童，令兒童喜歡的讀物，我們也應列在兒童文學的範圍內探討。

但是在探討之先，爲了使人們正視中國兒童讀物，並讓中國古兒童讀物取得他們應有的名分，所以我們不能不重申兒童文學的定義。

要爲「兒童文學」下一個定義，這是非常困難的，誠如鄭蕤於談兒童文學中所說：

兒童文學是什麼？這定義很難下得很恰當。

傅林統，兒童文學的認識與鑑賞，說到：

兒童文學以具備文學的本質為前提，並以兒童為對象而寫作，同時也是兒童們所共有，所選擇，所繼承而來的文學的總稱。

傅氏說明兒童文學的本質、寫作對象以及領域範圍。但是却未注意到文學的個別性，雖然說「兒童文學無國界」，但是畢竟各國有各國的民族性，各有不同的歷史文化與風俗習慣，無怪吳鼎先生要強調：

出自本國的兒童文學，多少能表現出本國的特殊風格，和社會背景，也就更能適合本國兒童的需要㊺。

可知由於不同的國度、民族，是可使兒童文學各具特色的。但是地域空間的不同，如何影響到兒童文學的定義呢？分析起來是因爲地域空間的不同影響了文學內涵的成分。文學的內涵包括了眞、善、美，鄭蕤在談兒童文學一書中，講到兒童文學的眞善美，他說：

文學本身是真善美的結晶，因為文學可以載道，這自然是屬於真的宣揚和傳佈；但是文辭也能化為一抹彩色，成為藝術的表現，這便是屬於美的歌韻，是一種深入內心的安慰。……兒童們是真摯而善良的，所以兒童文學中也要有仁德和善良的歌頌㊻。

由上可知知識的傳授是「眞」的目的，藝術的表現是「美」的追求，而仁德的修養是「善」

的最高境界。眞、善、美三者都兼備的兒童讀物，才是理想的兒童文學，李畊於試談兒童讀物的標準一文中便指出：

> 理想的兒童讀物是：兒童的、美的、眞的、善的出版品。

但這畢竟是理想中的事，基於各國家民族間的風格不一，歷朝歷代的背景相異，以致兒童文學：形式求美，內容要眞、要善的理想，難以兼具而常有所偏的。

若將以上幾個兒童文學的重要觀點結合起來，我們便可以得到一個清晰的兒童文學觀念：

> 兒童文學就是以兒童為主的文學，有成人專門為兒童所創作的，但也包括兒童們在成人文學中所選擇，所繼承而來的文學。這些文學都具備了眞善美的內涵，可是由於時空的變更，常使三者在作品中無法同時並存，或互有消長，但仍不失文學的本意，像這種作品我們可稱為兒童文學。

這也就是兒童文學的定義。

有了這麼一個定義，我們便可以將在敦煌古籍所發現的資料，凡是符合定義的作品劃入兒童文學研究的範圍內；除了將兒童文學的原貌加以介紹之外，我們要更進一步探討當時兒童文學在求眞、求善、求美三方面的表現，並依此歸納中國兒童文學的特色。

註釋

❶ 參見吳鼎、兒童文學研究，頁一。

❷ 詳見蔡保田、許惠欣、蒙特梭利的幼兒教育思想一文。蒙特梭利是義大利的女教育家，對低能兒

童教育有相當的研究。由於她在羅馬兒童之家，採用低能兒教學法相當成功，於是各校都競相效法。她的著作有科學教育的方法、童年的奧秘等多種。

❸ 見吳鼎、中國兒童文學研究途徑導論一文，載於中國語文十八卷四期，頁四五。

❹ 詳見嚴友梅，童話淺談一文，載於民國五十三年四月四日的中央日報副刊。

❺ 吳鼎、兒童文學研究，頁一。

❻ 詳見黃翼、兒童心理學，頁三一、三二。

❼ 如林守為兒童文學所載：「部分心理學家把兒童期定在新生期（誕生後的二星期）嬰兒期（自第二星期末至第十二或十四個月）之後。又把這一時期分為：①兒童前期——自一歲至六歲；②兒童中期——自六歲至九歲或十歲；③兒童後期——自九歲或十歲起，女孩約至十二歲；男孩約至十四歲。」（頁八）又如譚維漢發展心理學。將兒童期分為學前時期（兒童初期）與兒童時期（兒童後期），兒童初期是二至五或六歲；兒童後期是六至十二歲。（詳見頁二十一至六十九）

❽ 參見吳鼎、兒童文學研究，頁三。

❾ 同前註。

❿ 梁容若、兒童讀物的特質和理想一文說：「大體上，兒童可以分為幼稚園期（三至六歲）、初級小學期（七至十歲）、高級小學期（十一至十二歲）、初級中學期（十三至十五歲）四個階段。」載於中國語文第十二卷第五期。

⓫ 詳見錢基博、現代中國文學史，頁一。

⓬ 葉慶炳、中國文學史，指出漢代文學的觀點仍指一般經書學術，他說：「論語所謂文學，乃指一般經書學術而言。此種觀念至兩漢仍無改變。史記儒林傳記魯地儒生講誦禮、樂，即謂：「齊、魯之間於文學，自古以來，其天性也。」史記張湯傳載張湯請以博士弟子治尚書、春秋，蓋為武帝嚮文學，而投其所好。由此可見司馬遷以禮、樂為文學，亦以尚書、春秋為文學。我國古代文學與經學，顯然不分。」頁一。

⑬ 洪炎秋、文學概論說：「至於『文章』這兩個字，在漢代則有兩種用法；一種用法，是和當時所說的『文學』的涵義相同，指的是一切的學術；另一種用法，則是和我們此刻現在所說的『文學』的涵義，比較接近，指的就是西洋所說的Belles Letters。譬如曹丕典論論文篇：『蓋文章經國之大業，不朽之盛事。年壽有時而盡，榮辱止於一身；二者必至之常期，未若文章之無窮』；這裏所說的『文章』，既是『經國之大業』，則它的涵義，一定屬於前者的；至於漢書公孫弘傳贊：『文章，則司馬遷、相如』；這裏的『文章』兩字，由司馬遷和司馬相如兩人所寫的東西的性質來推定，則它的涵義，自然是屬於後者了。」頁十五。

⑭ 參見周億孚、中國文學概論，頁二。

⑮ 釋名曰：「文者，會集衆字，以成辭義。」孔子曰：「言以足志，文以足言，言之無文，行而不遠。」但燾云：「經天緯地之謂文，文者載道之器，所以彌綸宇宙，統括古今，裁成民物。是以乾包坤絡，非文不宣；聖作賢述，非文不著。」

⑯ 如司馬遷史記自序說：「夫詩書隱約者，欲遂其志之思也。昔西伯拘羑里，演周易；……詩三百篇，大抵賢聖發憤之所為作也。此人皆意有所鬱結，不得通其道也，故述往事，思來者。」說明文學創作是言志的，而內容為發憤之作。又揚雄法言吾子篇說：「詩人賦，麗以則；詞人賦，麗以淫。」視美為文學作品的生命，此種觀念成為文學建立的重要指標。尤以衛宏毛詩序所說最具體：「詩者志之所之也，在心為志，發言為詩，情動於中而形於言。」說明情感在文學上的重要性；「言之不足故嗟歎之，嗟嘆之不足故永歌之，永歌之不足，不知手之、舞之、足之、蹈之也。」說明音樂、舞蹈為文學另一面的表現，而詩「正得失、動天地、感鬼神，莫近於詩；先王以是經夫婦、成孝敬、厚人倫、美教化、移風俗。」是文學的作用。

⑰ 參見錢基博、現代中國文學史，頁二。

⑱ 小泉八雲（Lafcadio Hearn 1850－1904）於一八九〇年入日籍，是十九世紀末本世紀初一個多才多藝的作家，他的學識相當淵博，涉獵的典籍也很廣泛，同時精通英、法、希、拉丁、西班

牙、希伯來等多種語言。他的後半生，多致力於東西文化交流的工作，曾在東京帝大開英國文學講座，成為第一位向東方剖析西方文化的批評家，他於介紹文學知識之餘，更著意闡釋西方文化的淵源及習俗特異之處。

⑲ 參見王志忱、文學原論，頁七〇—八八。

⑳ 詳見洪炎秋、文學概論，頁二三—二八。

㉑ 詳見吳鼎、研究兒童文學與材料的收集，中國語文十八卷四期，頁四〇。

㉒ 見王志忱、文學原論，頁九〇引。

㉓ 同前，頁一一七。

㉔ 同前，頁一二七。

㉕ 司琦、兒童讀物的意義和重要一文，載於兒童讀物研究第一輯。

㉖ 見兒童文學周刊第五期載林桐推展兒童文學的途徑一文。民國六十一年四月三十日刊。

㉗ 曾信雄、兒童文學面面觀一文，見兒童文學周刊第三期。

㉘ 見兒童讀物載林良論兒童文學的藝術價值一文云：「讓兒童欣賞的文學，就是『兒童文學』。」「『兒童文學』的含義，不等於『文學』所包括的含義那麼廣。但是兒童文學是一種『文學』。」（頁一〇一）又指出兒童文學與成人文學的不同說：「『成人文學』和特指的『兒童文學』，只是欣賞對象的不同。他們都是一種文學，這是當然的。」（頁一〇一）至於文學趣味，他指出：「文學作品，必定流露出一種文學的趣味。……從文學觀點看，兒童所能感受到的文學的趣味，跟成人所能感受到的文學的趣味，是不同的文學趣味，但是相同的都是『文學的趣味』。」頁一〇五。

㉙ 兒童學英文名詞叫做「Child Study」，此門科學研究兒童之生理與心理兩方面。其範圍包括：兒童天賦之本能、兒童之環境及兒童身體三方面。詳見凌冰著兒童學概論頁一。

㉚ 見吳鼎、兒童文學研究頁一〇。

㉛ 謝冰瑩、漫談兒童文學一文，載於中國語文八卷四期。
㉜ 中華電視臺教學部主編師專空中教學兒童文學研究（上冊）頁二，中華電視出版社印行。
㉝ 見林良國語日報兒童文學周刊發刊詞，第一期。
㉞ 詳見林良、談兒童文學批評一文，載於兒童文學周刊二十五期。
㉟ 趙鉦愷、我對兒童文學的看法，載於中國語文九卷五期，頁三〇—三七。
㊱ 見許義宗著「兒童文學論」一書。
㊲ 文致出版社編輯部所編兒童文學。
㊳ 詳見齊鐵恨、清末民初的兒童讀物一文，載於兒童讀物研究，頁一九二，以及為林守為兒童文學所作之序。許義宗、西洋兒童文學史後記，頁一〇四。
㊴ 班固漢書藝文志載：「古者，八歲入小學。」又許愼說文解字敍說：「周禮、八歲入小學。」
㊵ 詳見蕭恩承兒童心理學，頁八八。
㊶ 兒童學英文名詞叫做「Child Study」，這門科學，實在包括兒童的生理和心理兩方面而言。
㊷ 詳見凌冰、兒童學概論，頁一三三。
㊸ 參見傅統林兒童文學的認識與鑑賞，頁一七。梅格斯是美國兒童文學家，他的兒童讀物作品"Clearing Weather"，"Master Simon's Garden"，雖然寫的很好，但由於偏重思想，孩子不太能接受，所以並不流行。他與ANNE FATON, ELIZABETH NESBITT and RUTHHILL VIGUERS等人合著"A Critical History of children's Literature"一書。
㊹ 同前，頁一六。
㊺ 詳見吳鼎、研究兒童文學與材料的搜集，於兒童與兒童文學一段所言。載於中國語文十八卷四期。
㊻ 詳見鄭蕤、談兒童文學一書，頁一—二。

第二章　敦煌兒童字書

兒童文學爲文學的一環，而文學的基礎在文字，必須先對文字有了深刻的認識與了解，然後才能對文學作品，具有欣賞的能力❶，若將世界各國兒童文學發展途徑作一比較，可以發現兒童文學在開始萌芽的初期，大都是以「看圖識字」一類的書籍爲主。而我們兒童文學的發展也是如此，因爲受到傳統敎育思想的影響，專爲孩子們所設計的識字書早就有了。周代的小學，敎授六藝，便是從識字開始❷，潘師石禪在中國文字學中引禮記內則說：

> 六年，敎之數與方名。……九年敎之數目。十年，出就外傅，居宿於外，學書計。……十有三年，學樂、誦詩、舞勺。成童、舞象、學射御，二十而冠，始學禮。

並加以解說：

> 書與方名都是文字，卽數計也還離不了文字。學習認字記數，幼童可以辦到的，至於射御舞蹈，就非年齡稍長，體力稍強，不能勝任。因此學童初學的科目便是文字。

另外漢書食貨志載：

> 八歲，入小學，學六甲五方書計之事。

又白虎通載：

> 八歲毀齒，始有識知，入學，學書計。

這都是兒童初學文字的說明。

既然知道文字一直是古代小學最先教授的學科，所以相同地，敦煌兒童文學首先要研究的就是「兒童字書」。現在敦煌可見用以教兒童識字的通俗讀物很多，今僅選其中最普及的千字文、開蒙要訓、百家姓等，分節討論於后。

第一節　千字文❸

千字文是村塾用來教孩童識字的教本，雖然向來爲學者們鄙棄不肯論道，但它却是繼三蒼而後興起的學童識字書，顧亭林文集呂氏千字文序說：

> 小學之書自古有之，李斯以下號為三蒼，而急就篇最行於世。自南北朝以前，初學之童子無不習之，而千字文則起於齊梁之世，……

這篇作品在敦煌發現的古鈔卷子相當地多，有編號爲斯三二八七、三八三五、四五〇四、四九四八、五四五四、五五九二、五七一一、五八一四、五八二九、六一七三等十個卷子，另有編號爲伯二〇五九、二四五七、二六六七、二七五九、二七七一、二八八八、三〇六二、三一〇八、三一一四、三一一七〇、三二一一、三四一六、三四一九、三五六一、三六一四、三六二六、三六五八、三七四三、三九四三、四七〇二、四八〇九、四九三七等二十二個卷子，由敦煌所藏卷子的數量來看，千字文在當時必定是非常普遍的識字讀本，其中除伯三四一九是藏華文對照本外，又有漢蕃對音千字文❹，可見千字文的影響也非常大，今就作者、板本、形式、內容幾項，分別討論。

壹　作者與板本

關於千字文一書的作者與成書年代，據諸家說詞歸納起來，梁時就已經存在兩個說法，一是由周興嗣所次韻的，一是爲蕭子範所纂次的。現在分別敍述於下：

(一)周興嗣撰：

據梁書文學傳記載，千字文是由梁高祖時散騎侍郎周興嗣奉敕編定的，文學傳說：

周興嗣，字思纂，陳郡項人也。漢太子太傅周堪後也，世居姑熟。年十三，游學京師。積十餘載，遂博通記傳。善屬文，本州舉秀才，除桂陽郡丞。高祖革命，拜安成王國侍郎，直華林省。其年，河南獻儛馬，詔興嗣與待詔到沅，張率為賦，高祖以興嗣為工，擢員外散騎侍郎，進直文德壽光省。是時高祖以三橋舊宅為光宅寺，敕興嗣與陸倕各製寺碑。及成，俱奏，高祖用興嗣所製者。自是銅表、銘册、塘碣、北伐檄、次韻王羲之書千字，並使興嗣為文。每奏，高祖輒稱善，加賜金帛。九年，除新安郡丞。秩滿，復為員外散騎侍郎，佐撰國史。十二年，遷給事中，撰史如故。十四年，除臨川郎丞。十七年，復為給事中，直西省左衛率。周捨奉敕注高祖所製歷代賦啓，興嗣助焉。普通二年（西元五二一）卒，所撰皇帝實錄、皇德記、起居注、職儀等百餘卷、文集十卷。

周興嗣編定千字文的說法，可以說比較得到一般學者的同意，所以在正史的圖書目錄上，都有明確的記載，如隋書經籍志，唐書經籍志、唐書藝文志、宋史藝文志等，甚至清代小學考中也有相同的敍述。雖然吳曾在能改齋漫錄中指出「敕」字乃「梁」字傳寫的錯誤，但他仍同意上述的說法，他說：

> 楊文公億以千字文敕散騎常侍員外郎周興嗣次韻，「敕」字乃「梁」字傳寫之誤。

王觀國也同意梁周興嗣編定的說法，但他却以爲「梁」字當爲「勅」字，所以在學林中說：

> 興嗣本傳自有敕字。蓋臣下以奉敕撰文為榮，故興嗣於千文加敕字於官稱之首也。考天子諭臣下以事，皆稱敕，……

吳王二人，雖然對於作者都持以相同說法，但是對於「梁」、「勅」二字却各有說詞。我們若查倫敦大英博物館所藏編號斯三八三五號千字文微卷便可以看到：「勅貟外散騎郎周□□次韻」等字，又斯五四五四號微卷也有「千字文勅貟外散騎侍郎周興嗣次韻」的字樣，這都可以證明以「天地玄黃、宇宙洪荒」爲首，「謂語助者，焉哉乎也」爲尾的千字文，確實是周興嗣所編定的，同時也解決了「勅」並非「梁」字傳抄錯誤的問題。

(二)蕭子範編：

在周興嗣編定千字文的同時，尚有蕭子範千字文一書，顧炎武在日知錄中說：

> 千字文元有二本，梁書周興嗣傳曰：「高祖以三橋舊宅為光宅寺，敕興嗣與陸倕製碑。及成，俱奏，高祖用周興嗣所製者。自是銅表、銘冊、塘碣、北伐檄、次韻王羲之千字，並使興嗣為之。」蕭子範傳曰：「子範除大司馬南平王戶曹屬從事中郎，使製千字文，其辭甚美，命記室蔡薳注釋之。」舊唐書經籍志曰：「千字文一卷，蕭子範撰。又一卷，周興嗣撰。」是興嗣所次者一千字文，而子範所製者，又一千字文也。

可惜蕭子範所製的千字文在隋書經籍志就已經亡佚了。閻若璩在潛邱箚記中便說：

> 千字文本有二篇，一周興嗣，一蕭子範。子範製久失傳。

可見蕭子範千字文的原貌在製後不久，便不再爲世人所知了。

除了上述兩個本子外，在清人梁章鉅歸田瑣記似乎又多了一個本子，他說：

> 千字文有三本，齊蕭子範作，不傳；梁周興嗣所次，據梁書、南史，皆以為王羲之書，乃尚書故實云，武帝命殷鐵石於鍾王書中搨千字，召興嗣韻之，一日綴成。玉溪清話亦云，梁武得鍾繇破碑，愛其書，命興次韻成文，所說不同。宋史李至傳亦言是鍾繇破碑，而盛為二柏堂筆談云，右軍所書，即鍾氏千字文也。金壇王氏鬱岡齋帖題曰，魏太尉千字文，右軍將軍王羲之奉敕書；起四句云：二儀日月，雲露嚴霜，夫貞婦潔，君聖臣良。結二句與周氏同。是周興嗣所次，亦有二本不同也。

梁氏所以會說千字文有三本，是因爲見於周興嗣所次韻之字，有王羲之與鍾繇不同的緣故。閻若璩在潛邱箚記也指出有王羲之及鍾繇兩種字體，他說：

> 而所次韻之書，梁書以為羲之，宋史以為鍾繇，要梁書近而得真。

在閻若璩之前的顧炎武日知錄也同樣說到：

> 宋史李主傳言：「千字文乃梁武帝得鍾繇書破碑千餘字，命周興嗣次韻而成」。本傳以為王羲之，而此又以為鍾繇，則又異矣。

像這種矛盾現象，張彥遠在法書要錄有所解釋，他說：

> 唐武平一徐氏法書記曰：梁大同中，武帝敕周興嗣撰千字文，使殷鐵石模次羲之之迹，以賜八王。

可知周興嗣所次韻的，原是鍾繇的殘碑，而後使殷鐵石模次的則是王羲之的，證明當時就只有兩個本子。姚振宗在隋書經籍志考證中便根據張氏見解，明白的說：

按法書要錄載武平一之記，蓋其始因鍾繇之殘碑而次韻，其後復取右軍手迹成文，當時原有鍾、王二本也。

姚氏這樣的說法，應該可以平息諸家的爭訟❺。

綜合前面所述，證實千字文的作者有周興嗣、蕭子範兩人，周氏千字文至今仍然流傳市坊，而蕭氏千字文早在隋志就亡佚了。千字文一共有三個本子，一是蕭子範本，一是周興嗣次鍾繇韻本，另外還有周興嗣次王羲之韻本。

貳　形式與內容

千字文在南北朝時流行的種類不少，但大都已經失傳了，現在所能看到的只有周興嗣撰集的千字文，敦煌所藏千字文卷子相當多，也都是周興嗣編次，並成爲現今通行的本子，現在我們便用這通行本分別來解說千字文的形式與內容。

千字文是由一千個零散的單字組合而成，並以四字一句，兩句一對的方式編排，便得原來沒有系統的單字，變成意義完整的文句。總計全文，一共有二百五十句，一百二十五對，而這二百五十句，叶韻的情形如下：

㈠從「天地玄黃」到「詩讚羔羊」，押的是平聲七陽韻（黃、荒、張、藏、陽、霜、岡、光、薑、翔、皇、裳、唐、湯、章、羌、王、場、方、常、傷、良、忘、長、量、羊）。

㈡從「景行惟賢」到「去而益詠」，押的是去聲二十四敬韻（聖、正、慶、競、敬、命、清、盛、映、令、竟、政、詠）和二十五徑韻（聽、定）。

(三)從「樂殊貴賤」到「好爵自縻（縻）」，押的是上平聲四支韻（卑、隨、儀、兒、枝、規、離、虧、疲、移、縻）。

(四)從「都邑華夏」到「巖岫杳冥」，押的是下平聲八庚韻（京、驚、楹、笙、明、英、卿、兵、纓、輕、衡、營、傾、丁、横、盟、精、幷、城）和下平聲九青韻（涇、靈、星、經、銘、寧、刑、青、亭、庭、冥）。

(五)從「治本於農」到「解組誰逼」，押的是入聲十三職韻（穡、稷、陟、直、色、植、極、卽、逼）。

(六)從「索居閒處」到「凌摩絳霄」，押的是下平聲二蕭韻（寥、遙、招、條、凋、飄、霄）。

(七)從「耽讀翫市」到「捕獲叛亡」，押的是下平聲七陽韻（箱、牆、腸、糠、糧、房、煌、牀、觴、康、嘗、惶、詳、涼、驤、亡）。

(八)從「布射遼丸」到「愚蒙等誚」，押的是去聲十八嘯韻（嘯、釣、妙、笑、曜、照、劭、廟、眺、誚）。

千字文雖僅有一千個字，但是它的內容却包含的很廣，上則述天文，下則論地理，內含修身養性，外括待人接物，人倫關係，歷史事實，國學知識，名物註釋等，今依文意大致分段介紹於下：

(一) 天地玄黃，宇宙洪荒……海鹹河淡，鱗潛羽祥（翔）。

此段首先說明宇宙間的一些自然現象，包括：開天闢地的情形，一年四季氣候變化的規律，陰陽盈縮的道理，以及雲雨霜露的形成過程。接著介紹各種珍物有：金、玉、劍、珠、以及李、柰、芥、薑等。而後又比較河水海水、魚類鳥類不同的性質，所介紹的都在自然界的範圍裏。

㈡ 龍師火帝，鳥官人皇……化被草木，賴及萬方。

此段首先提到古代聖王，有伏羲氏、神農氏、少昊氏以及繼天皇地皇後的人皇。接著介紹各朝代君主的重要功績：黃帝時，製文字，服衣裳；堯舜之世，禪讓天下；商湯、周武二王，弔民伐罪。接著介紹這些聖王統治下的朝野情形，為政者是「坐朝問道，垂拱平章」而「愛育黎首」，所以四方外族都為之臣伏，並「遐邇壹體，率賓歸王」；賢能的人也都被任用；再如「鳴鳳在竹，白駒食場」，甚而說連萬物也都蒙受到德澤。

㈢ 蓋此身髲（髮），四大五常……堅持雅株（操），好爵自糜（縻）。

此段是以人道為主的敘述，首先強調的是有關個人修養的一些信條，所謂：身體髮膚受之父母，不敢毀傷，以及「女慕貞潔，男效才良」、「知過必改，德（得）能莫忘」、「冈（罔）談彼短，靡恃己長」、「信使可復，器欲難量」、「墨悲絲染，詩讚羔羊」……「禍因惡積，福緣善慶」、「尺璧非寶，寸陰是竸（競）」，像這些都是用來鼓勵幼童向上、向善的，屬於修己方面。接著說明事父事君的要點，而後再由為學說到從政，這與中國修身、齊家、治國的思想是一貫的。

(四) 都邑華夏，東西貮(貳)京……策功茂實，勒碑刻銘。

這段主要介紹京都的景觀，先說明東西二京的地理形勢，並描繪皇宮的壯麗、內部的裝飾，以及別室的建築。而京都的生活情景，也順帶作了簡單的介紹。其中最值得注意的是宮室藏書院，典籍既富，人才也多。接著說到貴重臣子的居舍以及所受的禮遇。

(五) 磻溪(溪)伊尹、佐侍阿衡……宣威沙漠，馳譽丹青。

此段主要是介紹歷史上的君臣將相，先後提到的有伊尹、呂尚、周公旦、齊桓公、綺里季、傅說、晉文公、楚莊王、晉獻公、蕭何、韓非、白起、王翦、廉頗、李牧等人。

(六) 九州禹蹟，百郡秦併。……曠遠綿邈，巖岫杳冥。

此段是介紹中國的地理，先說中國領土，禹時有九州，秦時有百郡，而後依次介紹五獄、邊塞、山湖、最後並總括的說明山勢平原的勝概。

(七) 治本於農，務慈(茲)稼穡。……稅熟貢新，勸償(賞)黜陟。

此段說明我國施政，首重農事，君主對臣子考察賞罰也以農事爲憑。

(八) 孟軻敦素，史魚秉(秉)直。……游鵾獨運，凌摩絳霄。

此段首言孟子、史魚二賢的修養境界。再論居位的危機，指出辭官退隱的生活樂趣。最後以草木鯤魚說明自然的生滅變化。

(九) 耽讀翫市，寓目囊箱。……誅斬賊盜，捕獲叛亡。

此段首先敍述古人好學的精神，並訓誡爲人應當小心謹愼。而後談及飲食、物品、寢具、以及酒宴、祭祀的情形，隨後說明信件的書寫與人、物的本性。

(十) 布射遼丸，嵇琴阮嘯。……謂語助者，焉哉乎也。

此段先介紹排解紛亂，使利世俗的呂布、熊宜遼、嵇康、阮籍、蒙恬、蔡倫、馬鈞、任公子等八人，並描繪毛嬙、西施的美色。而後說明光陰的飛逝，指出行善的好處，以及人臣應有的容儀。最後作者以謙虛的口吻，及「焉哉乎也」語助詞結束全文。

叄 評 論

千字文是四字一句，兩句一韻的韻語讀物，這種將兒童讀物編成韻語的作法，並非周興嗣的創製，而是有所傳承的。南宋項安世在項氏家說中就說：

古人敎童子多用韻語，如今蒙求、千字文、太公家訓、三字訓之類。

事實上，在西元前約二百年的秦始皇時代，李斯的倉頡篇就是這樣編的，如流沙墜簡的倉頡篇殘卷就有「游敖周章」「儵赤白黃」「□走病狂」等四字韻語❻，又如說文解字敍引的「幼子承詔」，郭璞爾雅注引的「考妣延年」，也都是四字句，可見四字韻語，實在是我國古典兒童讀物編撰的通例，段玉裁甚至說：

許三稱史篇……討度其書，必四言成文，教學童誦之，倉頡、爰歷、博學實仿其體。

可見這種短句押韻的讀本，能使兒童朗朗上口的。另外千字文是由一千個不同的字組合而成，這一千個字是否對兒童構成負擔呢？根據懷德（Waddle）和尼斯（Nice）兩位專家，對兒童語彙的調查列表如下：❼

年齡	語彙平均字數	限度	
一		三—二四	Waddle
二	五二八	一一五—一一二七	Waddle
三	九一〇	一五〇—一八〇七	Nice
四	一五一六	八一一—一二七七	Nice
五	二二〇四	一五二八—二九四八	Nice
六	二九六三	二六八八—三一三二	Nice

從上表可以看出，語彙是隨著年齡而增加的，可是同一年齡的兒童，語彙的多寡却相當懸殊，這與環境及教育有絕大的關係。雖然有這樣的差異，但是五歲孩童的口語至低可應用一五二八個字彙，所以認得一千個不同字組成的千字文，對五歲的孩子來說，應該不是困難的事，至如後天環境與教育稍好的兩歲稚子，便也具有誦讀一千字的能力了。對於這篇沒有重覆出現的千字文，在現代教育家看來，整個讀物裏每個字只出現一次，生字出現的頻率不高，是不合現代兒童讀物的要求的。但事實上，我國舊日私塾的教學方式是反覆成誦，只要口誦心惟的次數多了，和單字出現頻數的功效是一樣的。況且拿過去廣大農村的經濟能力來說，它

更是符合經濟原則的❽。而且這一千個字是有韻律編排的，在誦讀記憶方面，有非常的裨益，同時也符合兒童閱讀的自然傾向，葛琳在兒童文學——創作與欣賞一書中便指出：

> 三歲—五歲兒童的第一特徵是：語言能力快速發展。閱讀傾向是：對字音發生興趣，喜歡押韻有韻律的文學❾。

由上可知，千字文的形式對兒童來說是適合的。

關於千字文的內容，我們依吳鼎先生看法，認爲優良兒童讀物內容所應具備的條件，可分立意、文字兩方面探討❿。

首先討論千字文的立意。千字文的成書，據李綽尙書故實說是：

> 千字文，梁周興嗣編次。而有右軍書者，人皆不曉。其始，乃武帝教諸王書，令殷鐵石于王書中，搨一千字不重者，每字片紙，雜碎無序。武帝召興嗣，謂曰：「卿有才思，爲我韻之。」

若眞像這樣無所立意編排成書而教授幼兒識字，必定受人詬病，無怪蘇樺先生在千字文種種一文中批評說：

> 所成問題的，倒是倘若真如故事所說，只拿有限的一千字，要來拼湊出成篇成章的韻文，這種以削足適履方式編的讀物，恐怕不容易有條理倫次，也難以切合實用。

但事實上，我們今日所看到的千字文，不但內容包涵甚廣，而且條理倫次也莫不井然，先談天地宇宙，再進而論及物類，由人而論及人道，人道包括修身、齊家以至治國平天下等事，繼而歷史、地理知識等也逐一作有系統的介紹，其中脈絡顯然可見。我們由李綽尙書故實所載：「興嗣一夕編綴進上，鬢髮皆白。」一事，便可知道作者編著時是費盡多大的心思啊！

卽使是拿有限的一千字編次而成，它的內容組織也經過精密思慮的。

由於千字文每句四字，音韻和諧，上下工對，而且言簡意深，對人生頗多啓發之處，所以千字文自周興嗣編成流傳到現在，將近一千五百年之久，流傳很廣，影響自然相當大。明楊繼盛澹齋外言卽說：

> 夫千字文誰不童而習之，仲後竟用四字心動神疲得力。

可見千字文一書，爲自唐代以來兒童必備的讀本。據小學考等所載，在周氏以後續作、仿作、改作的本子相當多，如隋書經籍志有無名氏篆書千字文、草書千字文、無名氏演千字文、潘徽萬字文；宋有薛檢法古篆千字文、無名氏百體千字文、胡寅敍古千字文、侍其瑋續千字文、劉紹佑續千字文；元有趙孟頫書千字文，明有夏太和性質千字文、李登正字千文、九思正字千文、徐渭集千字文，周履靖廣千字文、徐渭集千字文、呂裁之千字文、江瀾千字再集、卓珂集千字文，以及清項溶集千字文、馮嗣京增壽千字文；再加注解方面，有梁蔡薳注千字文、蕭子雲注千字文、胡蕭注千字文、明解延年敍古千字文集解，清孫呂吉千字文注、佚名的增廣附音釋文千字文注，以及撰者不詳的增補千字文釋義、蔣字誠千字文注解等。由千字文這麼多的讀本、仿本以及改本、注解本、可知千字文一書受到普遍的重視，在兒童讀物中，具有相當的地位。

千字文除了應用在兒童教學方面成爲兒童讀物之外，千字文的文句，還不時爲人們採用，如清趙翼陔餘叢考記載：

> 湯若士演牡丹亭劇，有石道姑白話一段，全用千字文語打諢。其實亦有所本，太平廣記引啓顏錄，「有祭社語，云社官三老等，竊聞政本於農，當須務茲稼穡，若不雲騰

致雨，何以稅熟貢計。聖上臣伏戎羌，愛育黎苗，能閏餘成歲，律呂調陽，某等並景行維賢，德建名立，遂乃設筵肆席，祭祀烝嘗，鼓瑟吹笙，絃歌酒宴，上和下睦，悅豫且康」，據此則唐人已有以為戲者。臨川（稱湯若士）特仿為之耳。又唐閻立本善畫，後拜右相，而姜恪以戰功為左相，時人有左相「宣威沙漠」，右相「馳譽丹青」之嘲。此又在啓顏錄之前。

又晚清平景孫霞外捃屑記載：

廣記封抱一條，面作天地元，鼻有雁門紫，既無左達承，何勞罔談彼。又患目人條，眼能日月盈，為有陳根萎，不則似蘭斯，都由雁門紫。則又以千字文作歇後語。鑑戒錄載，宋光嗣判小朝官進識字子女云：進來便是宮人，狀內猶言女子，應見容止可觀，遂令始制文字，更遣阿母敎招，恨不太真相似；且圖親近官家，直向內廷求事。則偶用二句，猶之點化成語耳。

由上說明了千字文，除了是中國重要童蒙讀物，對於戲劇用詞、一般言語，都有著重大的影響。

第二節　開蒙要訓 ⑪

開蒙要訓，史志未見著錄，僅見於敦煌遺書總目，目前藏於倫敦的計有斯七〇五、一三〇八、五四三一、五四四九、五四六三、五四六四、五五八四、六一三一、六二二四等九個卷子，另有巴黎國家圖書館所藏的編號伯二四八七、二五七八、二五八八、二七一七、三〇二九、三〇五四、三一〇二、三一四七、三一六六、三一八九、三二四三、三三一一、三四〇八、三四八六、三六一〇、三八七五等十六個卷子，從開蒙要訓卷數之多，可以明瞭開蒙要訓與千字文在當時同樣是流傳的很廣，並且受到相當的重視。由於開蒙要訓最後註明「童蒙初學，以（易）解難忘」，可知是童蒙誦習的讀本，與倉頡、急就、千字文性質相同⑫，而編注又與「千字文」相近，故列於千字文後略作介紹。

壹　作者與傳抄時代

開蒙要訓的作者，在敦煌卷中並未著錄，只有在藤原佐世所編日本國現在書目小學類中，註明爲「馬氏撰」，但是在敦煌遺書總目中開蒙要訓下註明爲「一卷，六朝仁壽馬氏撰」，倘若此一資料所說的開蒙要訓與今所見相同的話，雖然尚不能詳知作者名字，但可知爲六朝時的馬氏所寫，仁壽則應該是他所居住的地方了。

自有六朝馬氏撰寫開蒙要訓以來，歷代抄寫此篇作品的眞是不乏其人，在敦煌所藏開蒙要訓卷子，其中載明抄寫年代者，前後有三，首爲斯七〇五卷末的題記載有：

> 大中五年辛未三月廿三日學生宋文獻誦安文德寫社司轉。

大中是唐宣宗年號，而大中五年辛未，則相當於西元八五一年。另外在編號伯二五七八卷末的題記是：

> 天成四年九十八日燉煌郡學士郎張□□□□

天成爲後唐明宗年號，天成四年相當西元九二九年。接著斯五四六三號卷子，卷末題記爲：

> 顯德伍年十二月十五日大雲寺李（學）郎

顯德爲後周世宗年號，顯德五年戊午，是相當於西元九五八年。僅僅由上列三種不同卷子的資料，便可證明開蒙要訓自成書後到唐五代間，是一直陸陸續續地流行傳鈔著。

貳　形式與內容

開蒙要訓的形式，與千字文是一樣的，都是用四字一句，兩句一韻的形式寫成，用韻的情形如下：

㈠由「乾坤覆載，日月光明」至「舡艘艦艇，浮汎流停」，押的是下平八庚韻（明、迎、榮、青、晴、生、驚、清、名、幷、浤、停），其中青、停是九青韻字，由於青、庚二韻古皆通眞韻，故青、庚二韻通押。

㈡由「君王有道，恩惠弘廓」至「嚥會嘉賓，奏設伎樂」，押的是入聲十藥韻（廓、躍、惡、恪、爵、樂）。

㈢由「酣醻飲酒，勸酌酬酲」至「睡眠寢寐，憒悶煩情」，押的是下平聲八庚韻（酲、橫、聲、箏、笙、兄、嬰、甥、成、盈、令、擎、仲、情）。

㈣由「帷帳床蹋，氈槈威儀」至「紵練單紃，布絹紬絁」，押的是上平聲四支韻（儀、垂、彌、施、㡀、絁）。

㈤由「綾紗繒綵，羅縠錦繡」至「帔巾帊幞，袍被裙究」，押的是去聲二十六宥韻（繡、陋、就、袖、舊、究）。

㈥由「絹續纑縈，女人傭作」至「箏籮織幅，經引紡絡」，押的是入聲十藥韻（作、溪、絡）。

(七)由「緗縹紺綺，斑黃皀帛」至「絪粘黴黛，梳釵鈚隻」，押的是入聲十一陌韻（帛、壁、屐、澤、隻），其中壁是十二錫韻字，古通押。

(八)由「頭額頰頤，齒舌脣口」至「髓腦筋骨，瘦痟羸醜」，押的是上聲二十五有韻（口、肘、拇、手、後、部、醜）。

(九)由「病患疾疢，痛癢疼軀」至「鉛錫鍮鑞，銅鐵之徒」，押的是上平聲七虞韻（軀、疽、除、噓、儒、愚、衢、閭、磲、瑚、珠、徒），其中疽、除、噓、閭是押上平聲六魚韻字，古通押。

(十)由「錮鏴鎖鎔，爐冶鑄鑵」至「捶積笮持，漫漬淹瀾」，押的是去聲十五翰韻（鑵、[illegible]、按、鍛、鑽、畔、短、灌、亂、按、散、瀾），其中短為上聲十四旱韻字，出韻。

(十一)由「舉質券契、保證賒獲」至「籧篨篴篷，幌賺顯嚇」，押的是入聲十一陌韻（獲、格、搦、摑、責、索、竅、躑、驛、積、鞴、嚇），其中竅為入聲十二錫韻字，古通押。

(十二)由「雕雋劃鏤，剗削磅斵」至「葅薺鮓脯，鮮鱠魚鮍」，押的是上平聲四支韻（斵、宜、敧、捭、它、匙、炊、糜、鮍）。

(十三)由「店肆興飯，慳怙慳惜」至「脂腊鯆胅，臓臓臉酢」，押的是入聲十一陌韻（惜、益、炙），唯酢是入聲十藥韻字。

(十四)由「餻飳飷籹，餺餘資粁」至「貪婪費耗，饞散乖嬾」，押的是上聲十四旱韻（粁、饊、斷、滿、嬾）。

(十五)由「粳粮糯秫，禾粟穬稻」至「燒燃柴薪，檐携負抱」，押的是上聲十九皓韻（稻、搗、好、燥、草、倒、抱），蒿是下平聲四豪韻字，出韻。

(六)由「搆架㭨柱，伏槺檽梁」至「童蒙習學，易解難忘」，押的是下平聲七陽韻（梁、廊、堂、窻、康、倉、墻、塲、行、桑、椰、棠、薑、芳、香、攘、槍、防、蜋、螂、鱑、魴、腔、凰、鴦、翔、廩、狼、羊、強、䮞、韁、傍、剛、忙、常、量、臟、張、觴、倡、殃、謗、折、良、章、忘），其中窻、腔是上平聲三江韻字，古通押，唯謗字爲廣韻去聲四十二宕韻，出韻。

由上可見全篇用韻，包括了平上去入四聲的轉換，除了有少數出韻的現象外，大致都很整齊。開蒙要訓，非但在形式上與千字文相同，在內容上也與千字文相似，它首先介紹天地四時與自然名物：

乾坤覆載，日月光明。四時來往，八節相迎。春花開艷，夏葉舒榮。藂林秋落，松竹冬青。霧露霜雪，雲雨陰晴……五岳嵩華，霍泰恆名。江河淮濟，海納呑幷……

接著是天文、人文，而介紹人文社會名物時，首先說明君上的德政，歡樂景況以及倫常大道：

君王有道，恩惠弘廓，萬國歸投，地民歡躍。……𡁱會嘉賓，奏設伎樂。酣觴飲酒，勸酌酬醒。……孝敬父母，丞煩弟兄。……

於寢處衣飾，也作詳細介紹：

帷帳床蹋，氈㲣威儀。屛風倚郭，幭幕懸垂。……篋簏箱櫃，衣裳疊壁。鞋襪靴䩺，履屩屧屐。粧奩鏡匣，脂粉薰澤。胭脂𤻪黛，梳釵鈚隻。髮髻鬝鬜，鬚鬍鬆鬛。

接著又敍述人們身體各器官，以及各種疾病：

頭額頰頷，齒舌脣口。眉眼鼻耳，頸項臂肘。……病患疾疢、痛癢疼軀。癩禿胻𤸇，癬疥瘑疽。……

而對各種器物工具，也都逐一介紹，並說明一些操作的情形：

珍寶貨賂，翳璧硨磲。頗黎瑪瑙，琥珀珊瑚。……耬犁耕搆，鋤刨壟畔，稙穉稀疎，穊密調短。亢旱燋枯，溝渠溉灌。……

飲食烹調，是人生中的一件大事，也在本文中也佔有重要分量：

獎麼酪飯，羹臛粥糒。葅薺鲊脯，鮮鱠魚鮻。……

我國以農立國，所以它也談到了耕種：

掃洒庭院，料理園場。畦苑蘿蒔，栽插端行。……

接著介紹所見的各類植物及動物：

……苽桃李柰，棗杏梨棠。葱蒜韮薤，茱萸椒薑。……蚕肓蟣虱，蜂蟍螳螂。蝦蟆蜂蛤，黿鱉魦鰉，鮎鯉鱧鯽，鯨鯢鱘魴。……鶼鵲鳩鴿，鴻鶴鳳凰。……羆熊狐兎，虎豹犲狼。驢馬牛犢，駞猗猪羊。……騚騮騅駮，驄賭騍驥。……

最後以一些警惕孩童的話結束內容。

叁　評　論

開蒙要訓，全書一千四百字，字數較千字文多些，內容也比較廣泛，但它們同樣是以敎兒童識字爲目的，儘量避免使用重複的字眼，又配上韻脚，以便兒童朗讀記憶。

這篇作品本身有一個很大的特色，它將各種物品，用具，植物，動物作分類的編排，所以常有一連串同一偏旁的字出現，當然這樣的排列，可以讓孩子對各類的事物能夠同時了解吸收，但是把同類的事物，呆板的排列在一起，而且沒有具體區別的說明與揷圖，是容易讓孩子感到混淆、困惑的。

開蒙要訓雖然與千字文性質相同，流行傳抄於唐、五代間，但並沒有廣泛開來，現在只存見於敦煌遺書中。由此可知，開蒙要訓是不如千字文那樣風行普及的，但它編排的方式，對此後產生的雜字書也應有不小的影響。

第三節　百家姓

百家姓是繼千字文之後興起的兒童讀物，瞿宣穎纂輯中國社會史料叢鈔，在唐宋以來之小學教育一節中便說：

> 急就篇廢而千字文興矣。……千字文廢而百家姓興矣。⑬

可知百家姓，也是一本重要的兒童字書。在敦煌所存卷子極少，只在巴黎藏伯四五八五、四六三〇兩個卷子中保有部分殘缺資料而已，無法見到原貌，極爲可惜。所幸它尙一直流傳到現代，我們自然可以由今溯古，試探它的原貌。

壹　作者與成書年代

百家姓的作者，向來不爲人們所知，僅在宋王明淸玉照新志中可見：

> 市井所印百家姓，似是兩浙錢氏有國時，小民所著。

由這一點點的資料，只能約略知道百家姓的作者是兩浙的一個小民而已，但並無法了解作者的姓名。

至於百家姓成書年代，玉照新志說的很清楚：

百家姓……，首云趙錢孫李，蓋錢氏奉正朔，趙乃本朝國姓。

既然「趙」是本國姓，那麼百家姓就應當寫在趙宋時代。另外錢大昕十駕齋養新錄卷十六也提到同樣的說法：

今鄉村小兒所習百家姓一書，蓋猶宋人所習。以趙為首，尊國姓也。

百家姓爲宋代作品。這種說法，若拿敦煌所見百家姓伯四五八五、四六三〇兩個卷子，來印證成書的時代性，應當是很堅強的證據。因爲這兩個卷子，必定是在敦煌藏經洞封閉以前，藏入其中的，而成書的時代必然在封洞以前。首先需要討論一下封閉藏經的時間，蘇瑩輝先生在敦煌學概要第二章第三節分析說：⑭

……直至三十三年臨洮張維始創異議，於其所著隴右金石錄卷五稱「元末兵亂，瓜沙淪沒，石室閟扃，其時蓋卽在元明之間……。」此論雖新穎，然與事實不符，夏佐銘先生於隴右金石錄補正初稿中，曾擧三證以辨其非。頃讀河南博物館館刊，載有關百益氏敦煌石室考略一文，則謂「石室地址，為元朝以前之大佛寺，經歷年之搜集，寶藏甚富。元太祖西征，其軍師道士邱處機，最為信任，與佛教為仇，道經敦煌之先，到處毀壞佛寺，迫僧徒蓄髮，改易道裝，寺中沙彌，早有所聞，預將所有貴重古物，作石室以封固之，免遭浩刼。……」其說早於張錄八九年，觀乎石室所出有年號記載之寫本經卷，上起西涼建初六年，下迄北宋至道元年，愈後愈多；而至道以後，竟無片紙，以及門洞（卽以磚封閉之藏經洞）外所繪壁畫，並非元代作風。然則關氏之說，亦難置信。……夏(佐銘)氏於「藏經洞封閉的年代」一文中，折衷衆說，認為「我們無法推定這殘(淳化元年)曆的年代以前，還是依照舊說，以為最晚的有年號的寫本，是至道元年，藏經洞的封閉，大約是西夏陷沙州的時候。」余謂夏氏之說，較為持平。

蘇先生在文中同意夏氏的說法，依最晚有至道元年標號的寫本，斷定藏洞的封閉，大約是西夏陷沙州的時候。另有石璋如先生在關於藏經洞的幾個問題一文中也同意是避西夏之亂而封石室的：

斯坦因、陳垣、姜亮夫、張維四人的說法，實際上只有兩個意見：一個為北宋中葉；一個為元明之間。雖然前三個說法……但都不出北宋的中葉……但都未出真、仁兩代。看起來意見紛歧，實際上是一個目的，因為避西夏之亂，才藏入石室的。⑮

至此閉洞時間似已確定，但蘇先生卻又在敦煌發現藏經之謎中引用石文所作的結論，似乎對此成說有了懷疑。他說：

不過由現在看起來，似乎避西夏之亂而藏匿起來的說法，略佔勢力。若進一步的追求，只好等待著再發現新材料時再來解決。

蘇先生的說法令「宋初因西夏封閉藏經閣」的論點，掀起了疑雲，他並利用在馬大圖書館所收到列寧格勒圖書館的敦煌經卷草目所發現二七八四號的卷子有「皇建元年十二月十五日沙門本明」的題記，與二九一四號的卷子「至正廿四年十二月初十日」的題記來討論，由於至正為元順宗年號，而二十四年甲辰歲，相當於西元後一三六四年，故由此進而推證，自然以為石室當封閉於元末明初。

但潘師石禪對此問題有確鑿的解說。在民國六二年八月師至列寧格勒見到孟列夫後，與他探討這個問題，孟列夫清楚地說明了列寧格勒圖書館的敦煌經卷草目，是因爲遇到戰事，慌忙收拾資料中，有部分黑水城的資料雜入敦煌寫卷中，因而出現了元代的文獻。由於這個直接的證據，解決了以上的爭論，也確定了敦煌藏經閣的封閉時期，是在宋初西夏陷沙州的時候。由於敦煌藏經封閉於宋初，而敦煌卷中百家姓又以本國姓「趙」爲首，可證明百家姓一書是在宋初時編成的。

貳　形式與內容

敦煌遺書總目中，百家姓只存在巴黎國家圖書館所收的兩個卷子中，今雖然未能得見，但是據潘師石禪所說，可略知一二：

> 在巴黎圖書館所藏卷子中，發現有趙錢孫李四個大字的紙條，在姓氏下都有註脚說明。此字條為小孩習字，故字體很差，但是卻有很大的價值，它的出現證明了百家姓是宋朝初年的作品。

因爲無法見到敦煌百家姓原卷，而這是一篇重要兒童字書，所以形式與內容的介紹依今所見百家姓來探討：

先就形式來說，百家姓是以姓氏編爲韻文以便誦讀的讀物，但「百家」並非單指一百家，而是多數人家的概稱。計有五百六十八個字，爲五〇九個姓，每四字一句，隔句押韻。押韻的情形如下：

㈠從「趙錢孫李、周吳鄭王」到「杜阮藍閔，席季麻強」，押的是下平聲七陽韻（王、楊、張、姜、章、郎、方、唐、湯、常、康、黃、汪、臧、龐、梁、強）。

㈡從「賈路婁危、江童顏郭」到「虞萬支柯，昝管盧莫」，押的是入聲十藥韻（郭、駱、霍、莫）。

㈢從「經房裘繆，千解應宗」到「祖武符劉，景詹束龍」，押的是一東與二冬（冬古通東）韻（洪、翁、弓、蓬、宮、戎押一東韻，宗、龔、封、松、龍押二冬韻）。

㈣「葉幸司韶，郜黎薊薄」與「印宿白懷，蒲邰從鄂」，押的是十藥韻（薄、鄂）。

㈤從「索咸籍賴，卓藺屠蒙」到「游竺權逯，蓋益桓公」，除雙、逢押三江韻，弘押下平十蒸韻外，餘皆押一東二冬韻（蒙、通、充、終、東、隆、融、空、豐、紅、公押一東韻，雍、農、容押二冬韻）。但東古通冬轉江。

㈥從「万俟司馬，上官歐陽」至「澹臺公冶，宗政濮陽」，押的是下平七陽韻（陽，方、羊、陽）。

㈦從「淳于單于，太叔申屠」至「第五言福，百家姓續」，押韻情形較爲混亂，依其先後次序來說，屠、狐是上平聲七虞韻；容、空爲冬東韻，車是痲韻，西爲齊韻，良、梁爲陽韻，欽韻而下至門韻，各韻雖不同，但皆古通或古轉眞韻，宮、佟是東、冬韻，續爲入聲二沃韻。

至於內容，百家姓一書，是集姓氏編爲韻文以便誦讀者，而姓氏編寫先後是有一定秩序的，宋王明清玉照新志說：

首云趙錢孫李，蓋錢氏奉正朔，趙乃本朝國姓，所以錢次之，孫乃忠懿之正妃，又其次則江南李氏，次句周吳鄭王皆武肅而下后妃無可疑者云云。

這種排列，必定經過周密的思慮，否則決不可能爲當時人所接受，而必然會引起大大的爭論。

叁　評論

百家姓是舊時村塾所課雜字書，陸游在秋日郊居詩中說：

> 兒童冬學鬧比鄰，據案愚儒卻自珍，授罷村書閉門睡，終年不着面看人。

詩中所謂的「村書」也就是指百家姓一類的字書，他在詩下自注：

> 農家十月乃遣子入學，謂之冬學，所讀雜字、百家姓之類謂之村書。

可知，百家姓一書的功用是冬學教授兒童以各家姓氏，以便兒童書寫姓名的。

百家姓，是以教兒童識姓氏爲主，用四字一句，二句一韻的方式固然適合兒童閱讀，但是它押韻的情形由於受到姓氏編排的影響，顯得有些混亂。同時百家姓，集姓氏編寫而成，所以絕無任何文義可言，它除了可以讓兒童認識姓氏之外，對兒童來說是缺少吸引力的。

中國兒童字書，是教兒童認識基本文字的讀物，它與西洋教導兒童廿六字母的「角帖書」（Horn Book）、「球拍書」（Battledore）、「忠實之始」（Royal Primer）等[16]，作用是相同的。但是我國文字不似西洋拼音文字，只要學會了二、三十個字母之後，就可以識字、閱讀，而必須逐一熟記下基本的文字後，才能夠順利的閱讀與了解文句的含義，因此我國兒童字書，不得不採取集中識字的辦法，編成千字文一類的讀物。

這類兒童讀物的編排，都是採用整齊簡短的押韻形式，使兒童在朗讀的時候，唸起來既順口、又悅耳，不僅能引起他們的興趣，又方便記憶，對於這一特點，宋人項安世在項氏家說中特別地指出來：「古人垂訓，多用韻語，亦欲其易記也，又文字整齊，聽者易曉……」，阮元文言說、章炳麟論篇章都有相同的看法⑰。另外對偶的句式，也是一大特色，除了與押韻的功效相同外，更能因同類相比或反義相對的文辭，給兒童留下鮮明的印象，容易聯想、記憶，並對於境界高的文句，有優美雋永的感受。由於以上兩種字書的特色，不但提高了中國兒童字書閱讀的趣味，同時也相對的說明，中國兒童字書在世界上的特殊價值與地位。

但此類字書的內容，並不是兒童完全能夠明瞭的，前人教授的時候，也只能大致地講解，孩子們懂多少算多少，這樣的作法，曾經受到批評，王筠在教童子法中就說：「學生是人，不是猪狗，讀書而不講，是念藏經也，嚼木札也。」這雖然是中國兒童字書無法顧及周全的地方，但事實上，這種集中識字的讀物，是不可能要求它每字每句都能讓兒童明瞭的，只能在反覆的口誦辨識中記憶下來，有待日後因生活經驗逐漸豐富而體會日深，運用自如。當然，若是能夠在這字書中，加上適當的實物插圖，幫助兒童了解，必定能夠多少彌補此種缺失。

註釋

❶ 詳見教育大辭典，文學教學法。

❷ 參閱馬景賢、兒童文學發展之路一文。載於兒童文學周刊一一一期。唯馬先生說：「專為孩子們看的識字書是由宋代開始就有的。」此話恐不合實情，查漢書藝文志：「漢時閭里書師合倉頡、爰歷、博學三篇，斷六十字以為一章，凡五十五章，並為蒼頡篇。」孫星衍倉頡篇輯本自序云：「倉頡始作，其例與急就同。名之倉頡者，亦如急就。以首句題篇，凡將、飛龍等等是。詞或三字四字，以至七字。備取六藝羣書之文，以便幼學循誦，故七略目之小學。」由上可知兒童識字書，在漢時卽已盛行。

❸ 全篇文字是依照文化大學中文研究所，所藏倫敦大英博物館敦煌微卷，編號斯三八三五卷子。

❹ 羽田亨、漢蕃對音千字文，載於敦煌遺書影印本第一集中，由上海東亞研究會發行。
❺ 參閱林明波，唐以前小學書之分類與考證，頁四四四。
❻ 詳見羅振玉輯、流沙墜簡。
❼ 見陳雪屏等、我們的兒童、頁七。及高長明、學前教育，頁五〇—五一。
❽ 蘇樺、「千字文」種種一文，載於兒童文學周刊二八一期。
❾ 見葛琳、兒童文學創作與欣賞，頁八。
❿ 吳鼎、優良兒童讀物的特質及其發展一文，載於臺灣教育輔導月刊十二卷四期。
⓫ 本篇的內容是根據伯二五七八號卷子，見於劉復敦煌掇瑣七六〇，並參校斯七〇五、一三〇八、五四三一、五四六三、五五四九、五五八四等。
⓬ 同註五。
⓭ 瞿宣穎、中國社會史料叢鈔，頁八一五。
⓮ 蘇瑩輝、敦煌學概要，第二章第三節。
⓯ 石璋如、關於藏經洞的幾個問題，載於大陸雜誌特刊第二集。
⓰ 詳見葉師詠琍、西洋兒童文學發展史，載於時代叢刊第二集，新綠。
⓱ 阮元文言說：「……是必寡其詞，協其音，以文其言，使人易于記誦。……古人歌、詩、箴、銘、諺語，凡有韻之文，皆此道也。『爾雅』釋訓，主于訓蒙，子子孫孫以下，用韻者三十二條，亦此道也。」另章炳麟論篇章說：「急就、三倉、由章句以組成。由此上推史籀篇，以教學童，必為韻語……至后世以韻語編字之書，實无不祖倉頡者……說文序引……是其文皆四字也。其后司馬相如凡將篇、史游急就篇，問以三言、四言、七言成句。……兒童記誦，本以諧于唇吻為宜，古人教字，多用此體。……」

第三章　敦煌家訓文學——太公家教

家訓，是治家立身之言，用以垂訓子孫的。由於家訓文學，情感眞摯，用語親切，所以早期的家訓文學，具有極豐富的倫理親情，在世界兒童文學的園地中，是十分獨特，頗有研究的價值的。至於家訓文學的來源，周法高先生在家訓文學的源流上、中、下三篇文章中作了很詳盡的探討，共定出三個來源❶：

(一)家訓文學的第一個來源，便是古人的誡子書，家誡一類的作品。

(二)家訓文學的第二個來源，便是古人的遺令或遺戒，也就是現代所謂遺囑。

第二類的遺令和第一類的家誡有如下區別：第一、遺令大多是臨死的時候的言詞，而家誡則作於平時。第二、遺令的內容往往提到埋葬的事，差不多千篇一律地提倡薄葬。

(三)家訓文學的第三個來源是古人自敍生平的「自敍」。這和古人著書的自敍不同。其性質有點像現代所謂的自傳。

由於中國是個門訓極深嚴的國度，所以家訓文學在中國源起得相當早，流傳也非常廣，這種文學可以說是中國特殊傳統背景下所產生的特別文學。目前敦煌遺書總目索引中所載的家教文學，計有：太公家教、武王家教、辯才家教、嚴父教、新集嚴父教、崔氏夫人訓女文等，但其中以兒童爲對象的家訓文學，僅太公家教一書，所以在兒童家訓文學一章中，個人則專就太公家教❷一文來作研究。

太公家教，是從中唐到北宋初年最盛行的一種童蒙讀物，可惜自第十一世紀以後，這個童蒙讀本在中國本部因爲百家姓、三字經取代了它原來的地位，流行的程度就漸漸減低了。至二十世紀敦煌石室洞開，太公家教纔又受到重視被人研究❸。敦煌太公家教現藏於倫敦大英博物館約計有十二個卷子❹，另在巴黎國家圖書館約有二十二個卷子❺，由此我們也可知道太公家教在當時是稱得上廣布流行，以下，我們就分別來探討，太公家教所存在的各種問題。

壹　名義探源

太公家教一書，歷來諸家對「太公」二字的書名看法各異，宋王明淸玉照新志卷三中說：

> 世傳太公家教，其書極淺陋鄙俚。然見之唐李習之文集，至以文中子為一律，觀其中猶引周漢以來事，當是有唐村落間老校書為之。太公者猶曾高祖之類，非渭濱之師臣明矣❻。

王明淸認爲，太公並非指在渭水釣魚，八十歲始遇周文王，而後又輔助武王滅紂的姜太公，應該指的是家庭中的長者而言。此種說詞，蘇樺先生在太公家教一文中曾表示贊同，他說：

> 至於「非渭濱之師臣」句，那是說書名雖然叫「太公家教」，而這個太公並非在渭水釣魚而俗傳八十歲始遇周文王後來輔助武王滅紂的姜太公。其實這是「玉照新志」作者的過慮。因為太公的稱呼，在宋元時代應是非常流行的稱呼。「水滸傳」裏固然有扈家莊的扈太公。元曲裏也常稱年老長者為太公，所以「太公家教」應該是唐代村塾

借著家庭長輩的口吻教喻後生的兒童讀物❼。

但王國維唐寫本太公家教跋對此說法，卻不採信，他說：

> 玉照新志三亦云……卷中有云：「太公未遇，釣魚水（水上奪渭字）……」或後人因是取「太公」二字冠其書，未必如王仲言曾高祖之說也❽。

王國維不贊同太公是曾祖的說法，他以爲應是家教中舉了「太公未遇釣魚渭水，相如未遇；賣卜於市……」等四個歷史故事❾，而後人便隨手取用了第一個故事的「太公」人名來作書名。王氏所說的這種法式，在中國部分標目上是常沿用的，但畢竟還是一種猜測，這個問題直到王重民先生在巴黎獲見原本六韜（伯三四五四）後，才有了新的突破，王重民在敦煌古籍敘錄裏說：

> （伯三四五四）原本六韜殘卷，存者恰二百行。卷端上截斷裂，故闕九半行。其篇目……共二十篇，多為今本所無。蓋今非完書，乃宋元豐所刪定者。然校以群書治要卷三十一所載，則大致相同，持以讀治要，其原書本來面目可明；持以讀今本，其改竄之跡可得而知也。……損益脫變而有太公家教武王家教。……然則是書原本，宋末猶存❿。

因此，王重民在敘論羅振玉所藏太公家教時，推翻了王氏的想法，并提出自己的見解：

> 我以為這種推測（指王國維的看法），還不夠確切。我在伯希和所劫的古寫本書中，看到一卷原本六韜。是漢代到唐代相傳的原本，所載都是太公對文王和武王所說的種種嘉言懿行。因此，漢唐時代的人，就拿來用為進德之書。太公家教就是本著這個意思，從六韜裏取出一些最有進德之助的嘉言，來用作童蒙讀本的。可是太公家教，是

專取的太公對文王說的話；他對武王說的話，別纂成一部武王家教，在敦煌石室內也發見了幾本。宋元豐中（一〇七八—一〇八五）刪去六韜裏面的嘉言懿行，專剩下一些言「兵」的話，所以王國維沒有想到太公家教會出於六韜的⑪。

因爲王重民有了直接的證據，所以能夠得到學者們的認同，蘇瑩輝在六十年來敦煌寫本之研究中，就申述其說：

直至王有三（王重民）先生在巴黎獲見原本六韜（P三四五四）後，始知太公家教乃自六韜中擷取部分嘉言，緝綴成書，以作訓蒙之用者⑫。

是知太公家教是由六韜緝綴而來，而「太公」二字，當指傳說撰寫「六韜」的那位「太公」了。

貳　作者與成書時代

太公家教一書，是由原本六韜損益蛻變而成。在隋書經籍志兵家類始有「太公六韜」的記載，其注：「梁六卷，周文王師姜望撰」但「太公六韜」是否眞是周代的姜太公所撰，這仍是個疑問，可是太公家教的原始作者，當卽是撰寫六韜的作者，我想是較無問題。但太公家教爲何人於何時由「六韜」中擷取而來的呢？

王明清在玉照新志卷三中說：

世傳太公家教其書極淺陋鄙俚，然見之唐習之文集，至以文中子爲一，律觀其中，猶引周漢以來書，當是有唐村落間老校書為之⑬。

雖然據王明清的推測，太公家教作者是唐代村落間的老校書。但此書自原本六韜出現，證明它是前有所承的，所以「唐村落間老校書爲之」的說法，實難確立。然而却可說是六韜作者的作品，後經某代村落間老校書損益蛻變而成的。

至於掇取成書的時間？早在李習之答朱載言書，便已提及太公家教說：

> 義不深不至於理，而辭句怪麗者有之矣，揚雄美新，王褒僮約是也；其理往往有是者，而辭章不能工者有之矣，王氏中說，俗傳太公家教是也⓮。

可知李翱之時已有此書。李翱生於唐代宗大曆七年（西元七二二），所以太公家教成書當早於唐代宗時。

叁　形式與內容

太公家教書寫的形式，據王重民先生說：

> 今觀其書，多作四字韻語，語多鄙俗，且失倫次，……。

審閱全文，除發現少部分字數多寡不一以外，絕大部份是作四字韻語，而押韻的方式是兩句一韻，如：

> 經論曲直，書論上下，易別剛柔，風流儒雅。禮上（尙）往來，尊卑高下。得人一牛，還人一馬。

所押的是上聲二十一馬韻（下、柔、雅、下、馬）。又如：

> 事君盡忠，事父盡孝。禮聞來學，不聞往敎。捨文事師，必（？）聞功效。先慎口言，却整容皃。善事須貪，惡事莫樂。直實在心，勿行虛敎。

押的是去聲十九效韻（孝、敎、效、皃、樂、敎）。另有：

孝子事父，晨省慕（暮）參，知飢知渴，知暖知寒。憂則共戚，樂則同歡。父母有疾，甘美不餐。食不求飽，飢（居）無求安。聞樂不樂，聞喜（戲）不看。不羞（脩）身體，不整衣冠。父母疾喻（愈），整亦不難。

押的是上平聲十四寒韻（寒、歡、餐、安、看、冠、難），其中唯「參」字韻在詩韻集成中是下平十三覃韻，覃韻古通刪韻，刪韻古通覃咸轉先韻，先韻古通鹽轉寒刪韻，故「參」古詩可與寒韻通。又若：

其父出行，子則從後。路逢尊者，齊脚斂手。尊者賜酒，則須拜受。尊者賜肉，骨不與狗。尊者賜菓，懷狹（核）在手。勿得棄之，違禮大醜。對（對）客之前，不得叱狗。對食之前，不得唾地，亦不得瀨（漱）口。

押的是上聲二十五有韻（後、手、受、狗、手、醜、狗、口）。

在太公家教原文最末段，作者也曾說明此書是集數韻而成的，他說：

為（唯）貪此書一卷，不用黃金千車，集之數韻，未辯玼瑕。

由上所說，我們也大致地了解它的韻文方式了。

關於太公家教的內容，可以說有很多是取材於古代典籍的資料，我們舉些例子來說：

㈠ 取材於禮記的，如：

1. 禮上（尚）往來，尊卑高下，得人一牛，還人一馬。往而不來非成禮也。來而不往，亦非禮也。

這句話是出於禮記的曲禮上篇，但將原文略做增減，經文是：

者不可不學也。夫禮者，自卑而尊人，雖負販者必有尊也，而況富貴乎？

禮尚往來，往而不來非禮也，來而不往，亦非禮也。人有禮則安，無禮則危，故曰禮

2. 禮聞來學，不聞往教。

此語也出禮記曲禮上，而且與曲禮原文完全一致。未作絲毫改動。

3. 路逢尊者，齊脚斂手。

此語即是由曲禮的：

遭先生於道，趨而進，正立拱手。

改寫而成。

4. 尊者賜酒，則須拜受。尊者賜肉，骨不與狗。尊者賜菓，懷狹（核）在手，勿得棄之，違禮大醜。葪（對）客之前，不得叱狗。對食之前，不得唾地，亦不得瀨（漱）口。

此段在說明飲食的禮節，也分別取意於曲禮：

侍飲於長者，酒進，則起拜受於尊所。

毋投與狗骨。

賜果於君，前有核者懷其核。

尊客之前不叱狗，讓食不唾。

5. 子從外來，先須就堂，未見尊者，莫入私房。

禮記曲禮則是：

夫為人子者，出必告，反必面。

6. 陪（倍）年巳（以）長，則父事之，十年巳（以）長，則兄事之，五年巳（以）長，則堅（肩）隨之。群居五人，長者必危（？）（異席）。

而曲禮原文作：

年長以倍，則父事之。十年以長，則兄事之。五年以長，則肩隨之。群居五人，則長者必異席。

7. 法不加於君子，禮不下於小人。

曲禮原文爲：

禮不下庶人，刑不上大夫。

如上述，我們可以明顯地見到太公家教把經書的話轉變爲口語化，無怪後人謂其多鄙俗。

(二) 取材論語的，如：

1. 食無求飽，飢（居）無求安。

此則見於論語學而篇：

子曰：「君子食無求飽，居無求安。」

2. 三人（同）行，必有我師焉，擇其善者而從之，其不善者而改之。

在論語述而篇則是：

子曰：「三人行，必有我師焉，擇其善者而從之，其不善者而改之。」

3. 道之以德，齊之以禮。

可見於爲政篇：

子曰：「道之以政，齊之以刑，民免而無恥。道之以德，齊之以禮，有恥且格。」

4. 人能弘道，非道弘人。

見於衞靈公第十五篇：

子曰：「人能弘道，非道弘人。」

5. 不患人之不己之（知），患己不知人也。

見於學而第一篇：

子曰：「不患人之不己知，患不知人也。」

6. 欲立其身，先立於人。己欲達先（？），先達於人。

語見論語雍也第六：

子貢曰：「如有博施於民，而能濟衆，何如？可謂仁乎？」子曰：「何事於仁？必也聖乎！堯舜其猶病諸。夫仁者，己欲立而立人，己欲達而達人，能近取譬，可謂仁之方也已！」

7. 己所不欲，勿所（施）於人。

這於論語中則出現兩次，都是孔子所說的，一在顏淵篇：

仲弓問仁。子曰：「出門如見大賓，使民如承大祭。己所不欲，勿施於人。在邦無怨，在家無怨。」仲弓曰：「雍雖不敏，請事斯語矣！」

一在衞靈公篇，孔子與子貢相問答：

子貢問曰：「有一言而可以終身行之者乎？」子曰：「其恕乎，己所不欲，勿施於人。」

8. 君子固窮，小人窮斯濫矣。

此語見於衞靈公篇，爲孔子在陳絕糧，孔子與子路答問時的話：

明日遂行，在陳絕糧，從者病，莫能興。子路慍見曰：「君子亦有窮乎？」子曰：「君子固窮，小人窮斯濫矣。」

(三) 取材孝經的，如：

1. 孝無終始，不離其身。

這句話是簡縮庶人章的文意而成：

用天之道，分地之利，謹身節用以養父母，此庶人之孝也。故自天子至於庶人，孝無終始而患不及者未之有也。

2. 修身愼行，恐辱先人。

這話是取自於感應章。

故雖天子必有尊也，言有父也；必有先也，言有兄也。宗廟致敬，不忘親也；脩身慎行，恐辱先也。宗廟致敬，鬼神著矣，孝悌之至；道於神明，光于四海，無所不通。

3. 孝是百行之本，故云其大者乎！

此語當是取意於聖治章，孔子與曾子答問的話：

曾子曰：「敢問聖人之德無以加於孝乎？」子曰：「天地之性人為貴，人之行莫大於孝，孝莫大於嚴父，嚴父莫大於配天則周公其人也。」

(四) 取材漢書的，如：

斜逕敗於良田，讒言敗於善人。

此語見於漢書五行志時成帝謠：

邪徑敗良田，讒口亂善人。

㈤　取材荀子的，如：

1. 居必擇鄰，慕近良友。

則可見於荀子的勸學篇：

君子居必擇鄉，遊必就士。

2. 蓬生麻中，不扶自直。

此語也見於荀子勸學篇：

蓬生麻中，不扶而直。

3. 近蘭者香。

此語也取意於荀子勸學篇：

蘭槐之根是為芷，其漸之滫，君子不近，庶人不服，其質非不美也，所漸者然也。

㈥　取材於說苑的，如：

1. 小兒學者，如日出之光；長而學者，如日中之光；老兒（而）學者，如暮之光。

此語出於劉向說苑：

師曠曰：「盲臣安敢戲其君乎？臣聞之，少而好學，如日出之陽，壯而好學，如日中之光，老而好學，如炳燭之明。炳燭之明，孰與昧行乎。」⑯

2. 柔必勝剛，弱必勝強。齒剛則折，舌柔則長。

此語取意於劉向說苑所引老子之語：

老子曰：「夫舌之存也，豈非以其柔耶！齒之亡也，豈非以其剛耶！」⑰

太公家教一書編撰的本意原是在訓戒子弟的，所以它的內容多半在說明一些做人處事的道理，以下個人則把太公家教重新分析，歸納，以明白其主要內容：

(一) 說明教與學的重要，如：

養子不教，費人衣食。

明珠不螢（瑩），烏（焉？）發其光？人生不學，語不成章。小兒學者，如日出之光；長而學者，如日中之光；老兒（而）學者，如暮之光。人生不學，冥冥如夜行。

勤事（是？）無價之寶，學仕（是？）明月神珠。積則（財）千萬，不如明解經書；良田千傾（頃），不如薄藝隨軀。

養男不教，為人養奴；養女不教，不如養猪。

(二) 教育女子的，如：

育女之法，莫聽離母……女年長大，莫交（教）遊走。……女人遊走，逞其姿首。男女合雜，風聲大醜。污染宗親，損辱門戶。

婦人送客，不出閨庭。所有言語，下氣低聲。出行逐伴，隱影藏形。門前有客，莫出斖（齊）聽。一言有失，百行俱傾。能於此禮，無事不精。

新婦事夫，敬同於父。音聲不看，形影不覩。夫之父兄，不得對語，孝順翁家，敬事夫主。親愛尊卑，敬示男女。行則緩步，言必細語。勤事女功，莫學謌舞。小作人妻，長為人母。出則斂容，動則庠序。敬慎口言，終身無苦。

貧家養女，不解絲麻，不閑針縷；貪食不作，好戲遊走。女年長大，聘為人婦，不敬翁家，不畏夫主。大人使命，說辛道苦。若夫罵一言，反應十勾（句）。損辱兄弟，連累父母，本不是人，狀同猪狗。含血孫（損）人，先污其口。

癡人畏婦，賢女敬夫。

(三) 教養男子的，如：

養子之法，莫聽誑語。……男年長大，莫聽好酒。……丈夫好酒，揎拳捋肘。行不擇地，言不擇口。□□尊賢，鬥亂朋友。

夫人不言，言必有忠（由衷）。十語九衆（重），不語者勝。小作人子，長為人父。居必擇鄰，慕近良友，側立聽（廳）堂，候待（侍）官侶。客無親疏，來者當受。合食與食，合酒與酒。閉門不看，還同猪狗。拔（？）貧作富，事須方寸。看客不貧，古今實語。握髮（？）吐飡。先有嘗據，閉門不看，不如猪鼠。

(四) 教忠孝的，如：

事君盡忠，事父盡孝。

曲禮曰：「一日為君，終日（身）為主。一日為師，終日（身）為父。

孝子不隱情於父，忠臣不隱情於君。

明君不愛邪佞之臣，慈父不愛不孝之子。

孝子事父，晨省慕（暮）參，知飢知渴，知暖知寒。憂則共戚，樂則同歡。父母有疾，甘美不餐，食無求飽，飢（居）無求安，聞樂不樂，聞戲不看，不羞（脩）身體，不整衣冠。父母疾喻（愈），整亦不難。

㈤教禮節的，如：

其父出行，子則從後，路逢尊者，齊脚斂手。尊者賜酒，則須拜受。尊者賜肉，骨不與狗。尊者賜菓，懷狹（核）在手，勿得棄之，違禮大醜。葑（對）客之前，不得叱狗，對食之前，不得唾地，亦不得瀨（漱）口。

子從外來，先須就堂。未見尊者，莫入私房。若得飲食，慎莫先嘗。饗其宗祖，始到耶孃，次霑兄弟，後及兒郎。食必先讓，勞必自當。知過必改，得能莫忘。與人相識，先正容儀，稱名道字，然後相知。陪（倍）年已（以）長，則父事之，十年已（以）長，則兄事之，五年已（以）長，則堅（肩）隨之。群居五人，長者必危（？）（異席）

與人共食，慎莫先嘗。行不當路，坐不背堂。路逢尊者，側立道傍。有問善對，語必審常。

(六)教敬慎的，如：

教子之法，常令自慎，勿得隨宜。言不可失，行不可虧。他籬莫蕩，他戶莫矩(窺)，他嫌莫道，他貧莫笑，他病莫欺，他財莫顧，他色莫知，他強莫觸，他弱莫欺，他弓莫挽，他馬莫騎，弓折馬死，賞(償)他無疑。

口能招禍，必須慎之。

羅網之鳥，悔不高飛；呑鈎之魚，恨不忍飢；人生誤計，恨不三思；禍將及己，悔不慎之。

非灾橫禍，不入慎家之門。

不慎之家，苦於官府。

兵家不慎，敗於軍旅(旅)。

慎事(是)護身之符(符)。

(七)教擇友的，如：

居必擇鄰，慕近良友。

近珠(朱)者赤，近墨者黑。蓬生麻中，不扶自直。白玉投渥(泥)，不污其色。近佞者諂，近偷者賊，近癡者愚，近賢者德，近智者良，近婬(淫)者色。

三(人)同行，必有我師焉，擇其善者而從之，其不善者而改之。

孟母三思(遷)，為子擇鄰。

近鮑者臰（臭），近蘭者香，近愚者暗，近智者良，近賢者德。
女無明鏡，不知面上之精麤；人無良友，不知行處虧失。
人相之（知）於道述（術），魚相望（忘）於江湖。是以結交朋友，須擇良賢。
寄死託孤，意重則密，情薄則疎。榮則同榮，辱則（同）辱。危則相扶，難則相救。

(八) 勸仁愛的，如：

見人惡事，必須掩之；鄰有灾難，卽須救之；見人鬥諍，必須諫之；見人不是，必須語之。
敬上愛下，凡（泛）愛尊賢。孤兒京（寡）婦，特可矜憐。
仁慈者壽，凶暴者亡。

(九) 勸謙讓容忍的，如：

忿能積惡，必須忍之；
立身之本，義讓為先。
食必先讓，勞必自當。
欲求其矩（短），先取其長；欲求其圓，先取其方；欲求其強，先取其弱；欲求其剛，先取其柔。
忘（妄）談彼矩（短），縻待（恃）己長。
君子以含弘為大，海水以博納為深。

柔必勝剛，弱必勝強。齒剛則折，舌柔則長。

㈩ 勸勤儉的，如：

貧人由嬾，富人懃力。勤耕之人，必豐穀食。近學之人居官職。

勤事（是？）無價之寶。

勤事（是？）龍宮海。

食不重味，衣不純絲。

㈩ 勸行善的，如：

善事須貪，惡事莫樂。

家中有惡人必知聞，身有德行人必稱傳。惡不可作，善不可觀。

行善獲福，行惡得殃。

㈫ 勸戒酒色的，如：

財能害己，必須遠之；酒能敗身，必須誡之；色能致死，必須棄之。

男年長大，莫聽好酒。……丈夫好酒，揎拳捋肘。行不擇地，言不擇口。□□尊賢，鬥亂朋友。

君子避其醉客，聖人恐其醉士。

由上列數端，卽可看出太公家教勸戒子弟的內容，可以說是相當的廣泛了。

肆　評論

太公家教一書的主要功用，是啓發誘導兒童的，原卷首段作者便表白自己寫作的動機與目的，說：

> 余乃生逢亂代，長值危時，忘鄉失土，波併流餘，只欲隱山學道，不能忍凍受飢，只欲楊（揚）名於後代，復無晏纓（嬰）之機，才輕得（德）薄，不堪人師，徒消人食，浪費人衣，隨緣信業，且逐隨時之宜，輒以討論墳典諫（揀）擇詩書，於經傍所約禮時宜……為此書一卷，助誘童兒。留芳萬代，幸願思之。

雖然太公家教，是教導兒童的讀物，具有良好的教育價值，但在寫作方式並沒有那種教條行款的呆板形式，又由於作者是「討論墳典，諫（揀）擇詩書」，所以全文的內容，多半根據經典群籍而來，其中有的文句，已經成爲今日常見的俗諺，如「禮尙往來」、「知恩報恩」、「居必擇鄰」、「近朱者赤，近墨者黑」、「三人行則必有我師焉」、「人不可貌相，海水不可斗量」、「人無遠慮必有近憂」、「勤是無價寶」、「重賞之下必有勇夫」……等。可是因爲在用語上過於淺俗，遭到後人的抨擊。例如嚴有翼藝苑雌黃說：

> 杜荀鶴唐風集中詩極低下，如要知前路事，不及在家時；不覺裹衣成大漢，初看騎馬作兒童，前輩方之太公家教⑱

張淏的雲谷雜記也著錄此語⑲。蘇樺據此所謂低下之詩推測太公家教是由俗語撰寫而成的書，他說：

> ……所謂的這些，都是用俗語作的詩。可以想見「太公家教」也一定是用俗語撰寫的

書[20]王明清玉照新志也稱「世傳太公家教，其書極淺陋鄙俚」，王重民在敦煌古籍敍錄也同意此說。似乎太公家教的文辭極爲粗淺通俗，一直爲人所鄙斥。但這通俗的淺語卻是家訓文學的特色，周法高先生在家訓文學的源流一文中說：

家訓文學因為要使子弟能夠了解，所以措辭很接近白話[21]。

同時這也就是兒童文學的藝術價值。林良先生在論兒童文學的藝術價值一文中提到語言文字本身的藝術說：

文學是一種透過語言文字表現出來的藝術。……運用兒童所能理解和感受的「語言文字」，兒童文學作家琢磨兒童文學的藝術。運用成人所能理解和感受的「語言文字」，成人作家琢磨成人文學的藝術。不同的藝術，但相同的都是「藝術」[22]。

太公家教使用的文辭，所以通俗淺顯，無非是爲了讓兒童能夠心領神會，對於這種作法林良先生在淺語的藝術一書中，更進一步地說：

文學是不避淺語的——文學本來就是非用淺語來寫不可的。……兒童文學使用的也是「淺語」，但是這「淺語」並不排斥文學技巧。它跟正宗的文學創作一樣，也是「淺語的藝術」。我的努力，只是想糾正嘗試兒童文學寫作的人的錯誤想法：那淺淺的文字也有文學價值嗎？所有的文學作品，都是用藝術技巧處理過的「淺淺的文字」啊！[23]

林先生闡發了淺語的價值以及在兒童文學上的重要，這個理論同時使得受人詬病已久的太公家教重振在兒童文學中的地位。

另外，太公家教在行文當中，常有用動物比況說明道理的，例如：

> 羅網之馬，悔不高飛；呑鈎之魚，恨不忍飢；人生誤計，恨不三思；禍將及己，悔不愼之。

它以鳥低行被網獲、魚貪食爲鉤吊起的悔恨之心，來比擬人不謹愼、不三思而所受到危機。又說：

> 君子以含弘為大，海水以博納為深。

君子何以含弘爲大呢？因爲百川之水滙流於海，是君子的人便應該像海水那樣寬弘大量。又說道：

> 明珠不瑩，焉發其光；人生不學，語不成章。小兒學者，如日出之光；長而學者，如日中之光；老而學者，如暮之光。人生不學，冥冥如夜行。

勸勉孩童應趁早讀書勤學，所以這篇家教作品，妥善地運用比喩來敍述，首先說明了「學」的重要，接着將求學的人分成四種，一是自小求學的，就如同日出的光芒，遠景美好；年長求學的，就好像中午的日光非常強熱；晚年才求學的，便像卽將下山的太陽，光芒卽將逝去；但最糟的是一生都不求學的人，這種人就好像在晚間行走一樣，跌跌撞撞懵懵懂懂的。

像這樣的寫作技巧，足以提高兒童閱讀的興趣，引起注意力，尤其對孩子們領悟、體會、想像力都能收到相當的培養效果及啓發的作用，想來這非但是此書的一大特點，同時也是流傳廣泛的重要原因之一。

太公家教的盛行情況，王重民在敦煌古籍敍錄中說得很清楚：

> 太公家教是從中唐到北宋初年最盛行的一種童蒙讀本。大概說來，自從第八世紀的中

葉直到第十世紀末年（七五〇—一〇〇〇）通用在中國本部；第十一世紀到第十七世紀的中葉（一〇〇〇—一六五〇），還繼續不斷的被中國北部和東北的遼金高麗滿州各民族內說各種語言的兒童們所採用。這個童蒙讀本的流傳之廣，使用時間之長，恐怕再沒有第二種比得上它的㉔。

但是太公家教的盛況也有衰微的時候，所以王重民先生接着又談論說：

自從第十一世紀以後，這個童蒙讀本在中國本部因為有了百家姓、三字經來取代它，流行的程度就漸漸減低。而通行的地理區域，也就漸漸僅限於中國的北部和東北部。宋室南渡以後，到南方去的士大夫們，好像就很少有人知道這個曾經盛極一時的太公家教了！㉕

雖然太公家教曾一度被忽略了，但在宋元期間的盛況是不容忽視的，明陶宗儀輟耕錄載有太公家教的名目，便是個明証，據王國維說：

陶九成輟耕錄卷二十五所載金人院本名目，亦有太公家教，蓋衍此書為之。則此書至宋元間尚存，特以淺陋鄙俚，故館閣與私家，均未著錄。㉖

王重民據此推測，金人院本中的太公家教，就當如院本裏面的千字文，有的仍然流傳到現在，它是摘取千字文裏面的成語改作成的。所以院本中的太公家教，也當是摘取太公家教裏面的成語作成的。試想在那個時候若非太公家教還是作為一般的童蒙讀本，如何能家傳戶誦，而居然有院本太公家教的產生和演唱呢？所以宋元間此書還存在，這是毫無問題的。至於太公家教受到後出兒童讀物取代，是否就一蹶不振呢？王重民敦煌古籍敘錄說：

在宋元之間，在南方已被百家姓、三字經所代替，在北方則不但照舊通行，而且譯成了

別種語言，它的流行區域，更伸張到東北去了！㉗

王重民又於敦煌遺書總目之後記中，引劉銘恕所編斯坦因刼經錄在太公家教下所用的資料，來證明他的看法，他說：

如在太公家教（S・479）下，劉錄引了殊域周咨錄，指出據「安南國傳所言，明季安南尚通行此書」，這就使我舊日所考的在元明兩代，在黃河流域，太公家教的流傳逐漸被百家姓、三字經所代替，而在中國的北方和東方，不但照舊流行，還翻譯成了女直文、朝鮮文和滿文，劉錄這一新的補充，更完滿的反映了太公家教在我們的鄰國所發生的作用，使我們對太公家教的歷史作用知道的更為全面。

由上所論，我們可以明白太公家教自中唐以來，他流傳的廣泛，甚至先後被翻譯成女直、朝鮮、滿州等多種文字，而暢行各地。而且再由於它被列入考試的科目㉘，愈見其所受到的重視與所處的地位了。但我們由今日兒童文學的觀點來看，此篇家教文學正面的教訓多於隱喻的感化，恐較無法令兒童讀時有很濃厚的興趣，同時全文中有許多內容不是針對兒童來說的，當然也不容易爲他們所接受，像這種情形，是很值得商榷的。

註釋

❶ 詳見周法高、家訓文學的源流上、中、下三篇，載於大陸雜誌語文叢書，第一輯第一册。

❷ 本章所用太公家教文字，依羅宗濤先生以伯二五六四、二八二五所校，見於何福田所編中國家庭倫理教育名著選讀初編。

❸ 詳見王重民、敦煌古籍敍錄，二二〇頁。

❹此十二個卷子編號分別為斯四七九、一一六三、一二九一、一四〇一、三八三五、四九二〇、五六五五、五七二九、五七七三、六一七三、六一八三、六二四三號卷子。
❺巴黎國家圖書館藏計有編號伯二五五三、二五六四、二七三八、二七七四、二八二五、二九三七、二九八一、三〇六九、三一〇四、三二四八、三四三〇、三五六九、三五九九、三六二三、三七六四、三七九七、三八九四、四〇八五、四五八八、四七二四、四八八〇與四九九五等二十二號卷子。
❻詳見百部叢書集成，學津討原第二六函之王明清玉照新志。
❼詳見蘇樺、太公家教——我國的古典兒童讀物之三一文，載於兒童文學周刊二七〇期。
❽詳見王國維、觀堂集林卷廿一。
❾同前，卷中有云：
太公未遇，釣魚水（水上奪渭字）；相如未達，賣卜於市。□天居山，魯連海水，孔鳴盤桓，候時而起，書中所使古人事止此，或後人因是取太公二字冠其書，未必如王仲言曾高祖之說也。
❿同註二頁一五〇。
⓫同前，頁二二一至二二二。
⓬詳見蘇瑩輝、六十年來敦煌寫本之研究，載於程發軔主編，六十年來之國學第二部第八篇，頁六三五。
⓭同註六
⓮見全唐文卷六三五，李翺答朱載言書。
⓯同註三，頁二一九。
⓰詳見劉向、說苑卷三「建本」，頁八。
⓱詳見說苑卷十「敬愼」，頁三。
⓲見宋胡仔苕溪漁隱詩詞叢話後集卷十五引。

⑲ 詳見涵芬樓本說郛卷卅。

⑳ 同註七。

㉑ 同註一。

㉒ 林良、論兒童文學的藝術價值一文，載於兒童讀物研究，頁一〇二。

㉓ 林良、淺語的藝術，頁二八。

㉔ 同註三、頁二二〇。

㉕ 同前。

㉖ 見王國維、觀堂集林，卷廿一，唐寫本太公家教跋一文。又見百部叢書集成津逮秘書本陶宗儀，輟耕錄卷二十五於「諸雜院爨」項目下有「太公家教」。

㉗ 同註三，頁二二二。

㉘ 同註三，頁二二二，載：「在一六二〇年左右，清朝佔據了東北，並且把他們的武力伸到高麗去。高麗人為對外實用起見，通文館就用滿洲語代替了女直語科，而以前用以考試童蒙的女直文太公家教，也就用滿洲文代替了！」

第四章　敦煌二十四孝

「孝」是中國文化的根本。也是中國家族社會中，維繫各個層次關係，所不可缺少的要素，馮友蘭在中國哲學史上便指出其中的關係說：「傳統的中國社會，是建立在家族制度上的，而孝則是使家族扣緊在一起的德性。」❶雖然先秦時期各家，大都主張孝道，並沒有一派是非孝、不孝或反對孝的❷。但是儒家所重視家族的觀念，卻是孝道產生的根源。謝幼偉先生在孔子倫理中的個人地位一文中說：

> 孔子倫理認爲每一個人的仁心仁性，其最直接的發源地是家庭。我們都是由家庭而獲得我們的人性，也卽都是由父母生的。旣然我們都是由父母生的，由家庭長的，則我們的人性或仁性，其培養與發展，亦必始於家庭。

他在這裏說明，家庭是仁心仁性的發源地，而又更進一層地指出：「爲著培養仁的根源，遂主張在家庭中提倡孝悌之道。」❸由於孝是善事父母，實行仁心仁性的根本，所以孝一直被行仁的儒家視爲百善之先。

儒家教義，支配了中國數千年，「孝」的觀念，也因而深植在人們心目中。當佛教初入中國時，爲了爭取民衆的信仰，也附和傳統儒家思想。大力提倡孝道❹。在敦煌遺書中，這類作品相當多❺，其中以「二十四孝」影響後世最大，成爲日後中國兒童必讀的文學作品。但目前敦煌並不留存二十四孝的原卷，只留有「故圓鑒大師二十四孝押座文」三卷，是斯七、三七二八及伯三三六一號卷子，收在敦煌變文集中，由於變文已失，只能由此押座文、與今日所見二十四孝略作介紹。

壹　二十四孝的源起

「二十四孝」的名稱，今日所見以敦煌「故圓鑒大師二十四孝押座文」最早。關於「押座文」的性質，潘師重規在敦煌變文新論中有明確的說明：

按押座文，乃唱經題前的吟詞，為唱經題之先聲，屬於俗講之一部份。既稱俗講為變文，則押座文當然為變文之一部分。❻

押座文既然是俗講變文的一部分，必然與講唱的內容有相當的關係，這種關係，據潘師重規指出：

押座文有兩種：一種是與題目有關的押座文，如維摩經押座文；另外一種是通論式的押座文，不提及講經內容，目的只是引起大衆注意，使他們專心用的，如左街僧錄大師押座文。

由上述潘師的看法，我們可以推知「故圓鑒大師二十四孝押座文」，必定是講唱有關二十四孝的押座文。

此二十四孝押座文的作者，據斯三七二八及伯三三六一號卷子的標註：「左街僧錄圓鑒大師賜紫雲辯述」，可知作者是圓鑒大師雲辯。雲辯寫此押座文的年代無法肯定，但是王重民先生由斯四四七二有左街僧錄雲辯「與緣人遺書」，知道雲辯卒於後周太祖廣順元年，卽西元九五一年❼，可知二十四孝押座文在五代之前就有，所以二十四孝的名稱與起源也應當是在五代以前了。

貳　形式與內容

敦煌二十四孝只存押座文，未見講唱內容，所以只能就押座文的資料，與今日流傳可見的二十四孝略作介紹。

今日所見二十四孝，是以短篇故事的形式，描寫二十四位孝子的孝順事跡，但這二十四孝所指的孝子，究竟是那二十四位？歷來說法不一，元朝郭居敬說是：虞舜、漢文帝、曾參、閔損、仲由、董永、剡子、江革、陸績、唐夫人、吳猛、王祥、郭巨、楊香、朱壽昌、庾黔婁、老萊子、蔡順、黃香、姜詩、王褒、丁蘭、孟宗、黃庭堅等二十四人。而在清家秘本二十四孝詩註與二十四章孝行錄抄中所說二十四孝，則較郭居敬多出田眞、張孝兩人，少了仲由、丁蘭。另外狩谷棭齋藏孝行錄古抄本二十四孝，與郭居敬所舉相同的只有十三人。另外加上了劉殷、武子、曹娥、劉明達、元覺、田眞、魯姑、趙孝宗、鮑山、韓伯瑜、琰子等十一人，雖然各本描寫的人物多少有變異，但是都是描述二十四個孝子的故事。在「故圓鑒大師二十四孝押座文」中先後提到的孝子有：舜主、王祥、郭巨、老萊、孟宗、黃香，此六人都收入以上三本二十四孝人物中，僅狩谷棭齋藏孝行錄古抄本二十四孝缺黃香一人而已。由於這篇押座文是出家僧侶講述二十四孝前的開講詞，因而論述孝道時，自然配合著若干的佛教孝親思想，並褒舉佛家孝子，所以在這一篇押座文中除了闡明佛家孝順思想之外，更標舉佛家弟子目蓮救青提母的孝行，與舜主等人同列於二十四孝子之中，由此篇押座文的特色，我們可以約略推知敦煌二十四孝思想的內容大要。

叁 評論

「孝」在中國傳統社會中佔著重要的地位，它是一切德行的根本。古代哲人對「孝」的意義，雖然有各種不同的解釋[8]，但都不外乎是如何善事父母，如爾雅釋訓之「善父母爲孝」，或如近人吳康先生在孔孟荀哲學一書指出：「事父母之道曰孝」。至於事父母之道的重點在那裏呢？謝幼偉先生在中西哲學論文集中指出：「所謂孝道，乃是從人類本性上的一點敬愛父母之心，而謀加以保持、發展及擴充的道德原理。」可知事父母之道。重在敬愛，而這顆敬愛父母的心需要時刻的保持，不斷地擴充，這也就是「孝」的含義。

以「孝」爲中心思想的儒家，認爲孝是人類的本性，但是由於這種天賦的仁心仁性，是不會自己發展擴張起來，唯有靠著後天的培養、薰陶，才能夠滋長、茁壯，否則一旦受到外界物質的引誘，這顆敬愛父母的仁心，將會迅速地遭受蒙蔽而迷失，因此儒家積極的提倡孝道，使「孝」成爲我國教化的重心。儒家對孝道的闡揚可說是不遺餘力的。

但是任何一種德行的培養，都應該始於人的兒童期。因爲兒童期的道德觀念是主觀的，他們常常以自己行爲所得到的結果來判斷動作的是與非，當他們因某一個動作受到獎勵或責備的時候，心中就自然產生了「好」「壞」的觀念，雖然在這個時期中，他們不能完全明瞭好壞的意義，但是他們爲了避免成人的責罰，並贏得他人的讚許、獎賞時，他們是很願意遵守家庭、學校或鄰里的規定的。因此在這一時期內，孩子們並不是眞正知道他們行爲的對與不對，而需要仰賴成人給予兒童良好的道德訓練，當孩子們有了這種良好的道德基礎，他們便以此觀念爲指導自己將來行爲的標準[9]。根據兒童這種發展的心理來看，我國傳統教育對孝順觀念的灌輸，是對幼兒道德基礎正確的培養，但是這種耳提面命的正面教誨方式，終究不如透過文學所得到的感受來的深刻，所以敦煌「二十四孝」的講唱文學，雖然不時地闡述佛理，但是對我國孝道的維持與推行，卻有不可泯滅的功勞。

今日沿襲敦煌二十四孝而來的兒童讀物，多是將孝子的孝行重新編寫而成的，由於它是採用短篇故事敍述的形式，而又爲二十四孝故事逐一配上插圖，已是一篇令兒童喜歡的讀物了。雖然新畫的插圖不能說是盡善盡美⑩，但是以兒童文學的眼光來看，插圖往往是一篇優秀兒童文學作品必備的條件之一，它不但能夠引起兒童閱讀的興趣，更能幫助兒童對整篇故事內容的了解與記憶。由於「二十四孝」這篇兒童文學作品，與傳統思想相配合，所以流傳以來，一直是我國不可或缺的童蒙讀物，兒童們在文學無形的影響薰陶下，「孝」的本性，得以不斷地擴充發展，因此我們不可否認「二十四孝」它是具有綿延中國孝道精神的優良兒童讀物。

註釋

❶ 見馮友蘭，中國哲學史。輔仁大學印行。

❷ 道家以父子孝慈為社會倫理的最高理想，老子說：「絕聖去智，民利百倍。絕仁棄義，民復孝慈。」雖有詆毀聖智仁義之意，但未嘗不是想要達到孝慈的境界。墨家兼愛，孟子批評墨子是無父之賊，但兼愛篇說：「若使天下兼相愛，愛人若愛其身，猶有不孝者乎？視父兄與君若其身，惡施不孝？猶有不慈者乎？視弟子與臣若其身，惡施不慈！故不孝不慈亡有。」可見墨家也重視父慈子孝，所以班固於漢志諸子略批評他：「以孝視天下，所以尚同」。至於信賞必罰，以輔禮制的法家，由於集大成的韓非，係出自儒家正儒荀卿之門，所以對於倫理的觀念，也自荀卿家派

相承而來。名家專講思想方法，很少涉及倫理，但他正名分，則與春秋大義一貫，所以擧證的也不悖於孝慈之義。至於捨人事而任鬼神的陰陽家，世人皆以怪力亂神視之，但並沒有廢棄孝慈人倫大道，所以太史公說：「然其歸，必止乎仁義節儉，君臣上下六親之施；始也濫耳。」可見孝慈之道，並非儒家所獨倡的言論，而是先秦各大派思想家共同提倡之公言。參閱廉永英，孝之價值及實踐，載於國教月刊二十四卷五期。

❸參見謝幼偉、孔子倫理中的個人地位，中西哲學論文集，頁五五。

❹參閱潘師重規，從敦煌遺書看佛教提倡孝道一文，載於華岡文科學報第十二期。

❺如勸孝歌（斯六〇七四）、十二時行孝文（伯三八二一）、孝順樂讚（伯二八四三、三九三四、四五六〇）、報慈母十恩德（斯五五六四、五六〇一）、慈善孝子報恩成道經（伯二五八二卷第四）、孝子傳（伯三五三六、三六八〇、散二二八、斯三八九二）、孝子董永變文（斯二二〇四）、孝經（倫敦斯坦因編號八個卷子，巴黎伯希和編號十五個卷子）、孝經疏（伯二七五七）、孝經讚（斯五七三九）、新集孝經（伯二七二一）、新合孝經皇帝感（伯三九一〇）、楊滿山詠孝經拾捌章（伯三三八六、三五八二）、又於敦煌類書中，也有許多有關資料。

❻詳見潘師重規先生、敦煌變文新論一文。載於幼獅月刊第四十九卷第一期，頁四五。

❼見王重民，敦煌變文集下册，頁八三九。

❽如爾雅：「善事父母為孝」。中庸：「夫孝者，善繼人之志，善述人之事者也」。禮記祭儀篇：「孝者，蓄也。」又「天之所生、地之所養，無人為大。父母全而生之，子全而歸之，可謂孝」。孝經開宗明義章：「夫孝，德之本也，教之所由生也。」又三才章：「夫孝，天之經，地之義，民之行也」。曾子立孝篇：「盡力而有禮，莊敬而安之。微諫不倦，聽從不怠，懽欣忠信，咎故不生，可謂孝矣」，此外孔子言孝，則因人而異，孟懿子問孝，說是：「生，事之以禮。死，葬之以禮，祭之以禮」。子貢問孝，則說：「色難。有事，弟子服其勞。有酒食，先生饌。曾是以為孝乎？」當孟武伯問孝，孔子則以「父母唯其疾之憂」回答他，而孔子言孝則是：「父在觀其

志，父沒觀其行，三年無改於父之道，可謂孝矣。」

❾ 詳見譚維漢，發展心理學，頁二七。

❿ 參閱方師鐸、談歷史故事的插圖一文，載於新時代月刊第三卷第五期，又轉載於兒童文學研究第一輯。

第五章　敦煌傳記文學——古賢集

傳記（biography）多是記傳偉人生平的文字，當然也有虛記其人其事，借以教育啓發的。但不論是偉人生平事蹟，或者是虛託記傳，全在說明其中足以爲後世效法的價值和精神❶。就傳記的發展來說，中國早在司馬遷史記中，便有許多頗具聲色的「列傳」，實爲中國傳記文學的起源。

傳記文學，本屬文學中的一部份。兒童文學中包含傳記這一種體裁，是因爲兒童身心發展，到了十歲左右開始對於歷史的了解逐漸增加，如果能得到適當的啓發，他們也能看到一個問題的許多角度。他們對任何有價值有意義的事物，都有追尋的興趣。尤其嚮往成人的生活，崇拜英雄偉人的精神與成就❷。一旦兒童有了崇拜英雄和偉人的心理，就因此產生一種强烈要求閱讀名人傳記的必要❸。兒童心目中的「英雄」「偉人」，當然是古今中外，各行各業中，有特殊成就的人，傳記就是記述這些成功者的一生或片斷事跡的文章❹。

在敦煌古籍中，古賢集便是記載古代的聖賢在某一方面有特殊表現的片斷事跡，使兒童觀之，足以滿足他們仰慕英雄偉人的心理。這集子，共有八種敦煌古鈔本，其中兩種藏於倫敦不列顛博物館，編號爲：斯二〇四九，斯六二〇八，其餘六種，則都藏在巴黎國家圖書館，編號爲：伯二七四八、三一一三、三一七四、三九二九、三九六〇、四九七二等。現在我們就其作者抄寫年代、形式內容、古賢事跡本末等方面，來逐步的討論於后。

壹　作者及成書時代

敦煌古賢集鈔本，都未著錄作者姓名，只有陳祚龍先生在敦煌資料考屑中曾經推測它的作者說：

它的作者，縱或不是當年的「國子」、太學「博士」，但我敢說：他至少已深受儒、釋、道「三學」的薰染！同時，我還順便在此奉告讀者：他倒真是一位道地的奉行尊孔「批」秦之「好手」！❺

由於沒有文獻資料可確知本文的作者，所以這裡也僅如陳先生就文章內容作簡單的推測。

至於古賢集的成書時代，據本文所載的人物來考，其中以「曹子建」「孟宗」二人年代最晚。曹植生於漢獻帝初平三年（西元一九二年），死於魏明帝太和六年（西元二三二年）。而孟宗的生卒年歲並不詳細，只知他少小從李肅學，據三國志吳書步騭列傳記載李肅曾與諸葛瑾、陸遜等十一人上疏獎勸之事，但這已是「黃武五年」以後了，黃武五年相當於魏文帝黃初七年（西元二二六年），此時與曹植卒年僅差六歲，而孟宗從學於李肅，年紀尚輕，當晚於曹植。由此可以推測古賢集的成書不可能早過三國。至於最晚的年限，原可據敦煌八本古賢集卷子中附有書寫日期的三卷來討論，但斯六二〇八的書寫年份破失無可考。另外伯三一一三是索祐住禪師於「後唐清泰貳年丙申三月一日」所抄寫的，但清泰貳年（西元九三五年）應爲後唐廢帝乙未年，次年方爲丙申年（西元九三六年），此處卻相差一年，不知是何道理，但又無資料參證，難以肯定他的正確性。唯有伯二七四八卷可作參考，卷背有百歲序及正文爲襯紙文字所隔開的現象，同時襯紙上寫有兩行百歲序，可知抄寫前已有襯紙，襯紙上記載的日期是「大中四年七月廿日」，大中是唐宣宗年號，大中四年相當於西元八五〇年，所以此卷應該抄於大中四年之後。後來陳祚龍先生根據所考定百歲篇作於西元八八六年（即唐末僖宗光啓二年）❻，與多本古賢集都不避宋太祖「匡」「胤」兩字諱的證據，證明古賢集各本應全在宋以前抄錄，並流行傳抄於唐末五代時期❼。綜合以上所論，古賢集的成書，當在三國孟宗以後到唐末之間。本師葉詠琍先生，進一步根據古賢集所具唐詩的特色：㈠七言律句的形式。㈡平仄協調的格律。㈢以「君不見」爲起句的用法。推斷它不可能產生於晉代，乃至宋齊梁陳，它應是唐代的作品。

貳　形式與內容

古賢集，除文前有「古賢集」標題，及「君不見」三字，末尾又有「古賢集竟」的字樣外，全文是七言古詩的詩歌體形式，以七字一句，前後八十句，五百六十字組成，其中換韻三次，除了每韻首句押韻外，餘都兩句一韻，押韻的情形是這樣的：

㈠從「秦皇無道枉誅人，選士投坑總被墳」到「晏子身微懷智計，雙桃方便煞三臣」，押的是上平聲十一眞韻（人、墳、秦、聞、陳、秦、貧、銀、新、身、臣），其中聞字雖在十二文韻，但詩韻是可通押的。

㈡從「許由洗耳潁川渠；巢父牽牛澗上驅」到「江妃淚染湘川竹；韓朋守死嘆貞夫」，押的是上平聲六魚韻（渠、居、書、胥、虛、魚、車），以及上平聲七虞韻（驅、誅、軀、珠、夫），詩韻通押。

㈢從「蜀地救火有鸞巴，發使騰星檢不賒」到「誰見牽牛別織女；唯聞海客鎮乘查」，押的是下平聲六痲韵（巴、賒、家、邪、花、沙、查）。

㈣從「延陵留劍掛松枝，墳下亡人具得知」到「集合古賢作聚韵，故令千代使人知」，押的是上平聲四支韵（枝、知、兒、離、悲、知、飢、兒、絲、離、奇、推、師、知）。

全文共換三次韵，但都是押平聲韵，形式非常整齊。

古賢集雖然全文僅八十句，但所言及的人物，計有六十一人之多。其中包括在侍親、為學、仕宦、報恩仇等各方面有特殊表現以及部份附有神怪色彩的賢人傳說。以下就將全書內容大致做個分類簡介：

㈠孝順類：指善事父母，有所感動的，如：

曾參：至孝存終始。

孟宗：冬笋供不闕。

郭巨：夫妻生葬兒。

董永：賣身葬父母。

高柴：泣血傷脾骨。

蔡順：哀號火散離。

尹伯奇：孝順無過尹伯奇。

㈡友愛類：指兄弟手足之情，令人感動的，如：

田真、田慶、田廣三兄弟：庭樹三荆恨分別。

㈢勤學類：指好學不倦，苦讀有成的，如：

司馬相如：好讀詩書。

匡衡：鑿壁偷光。

蘇秦：專錐刺股。

孫景：懸頸恐睡。

車胤：聚螢映雪。

桓榮：幫傭苦讀。

朱買臣：負薪苦讀。

㈣聖賢類：指有聖德或賢良的，如：

孔子：有聖德，是明師。

顏淵：是明師。

子夏：賢良能易色。

㈤文章類：指善於爲文的，如：

曹子建：造賦題篇。

羅含：吞鳥日新。

㈥仕宦類：指以特殊能耐而得仕的，如：

范睢：折肋相於秦。

甯戚：馳車秦國相。

晏子：身微懷智計。

太公：八十逢文王。

(七)忠臣類：指爲國君盡忠而不辭死的，如：

荊軻：入秦反自誅。

蘇武：落蕃思漢帝。

干將：造劍喪其軀。

午(伍)子胥：直諫盡忠貞。

(八)高士類：指思想行爲高逸的，如：

姜肱：翫業不憂貧。

許由：洗耳潁川渠。

巢父：牽牛澗上驅。

夷齊：餓首陽山下。

張騫：奉使尋河路。

(九)貞節類：指爲夫、爲妻而守節的，如：

江妃：淚染湘川竹。
韓朋：守死嘆貞夫。

(十)朋友類：指具特殊交情的朋友，如：
季札與徐君：延陵留劍掛松枝。
左伯桃與羊角哀：伯桃併糧身受死。
晉文公與介子推：公放火燒山覓子推。

(十一)恩仇類：指特殊的報恩及報仇的，如：
魏武子：結草酬恩。
靈輙（輒）：一食扶輪報。
隋侯：賜藥獲神珠。
眉間尺：為父報仇。

(十二)神怪類：指神仙怪異之事的，如：
燕王：被囚烏救難。
鸞（欒）巴：蜀地救火。
東方朔：入海求珍寶。
董仲：書符去百惡。

孫賓：善卜辟妖邪。

王母：乘龍載寶花。

牽牛織女：牽牛別織女。

(十三) 求佛類：指虔誠求佛的，如：

漢明帝：歎念閻浮。

由以上的分類，我們可知古賢集一書，所包含的內容非常的豐富，涉及的極廣泛。

叁　古賢事跡本末[8]

(一) 秦皇無道枉誅人，選士投坑總被墳。

秦始皇，姓嬴，名政，是莊襄王的兒子。有雄才大志。父親死後，繼位爲秦王，在位二十六年之間，先後併吞了六國，統一天下，又驅逐了北方的匈奴，接收南方閩、越等地，四方民族都感到畏服，疆土也因此擴大很多。於是就罷除封建制度，設置郡縣、修築長城、治理馳道，他自以爲功勞超過三皇，德性美過五帝，所以自己兼稱「皇帝」，號爲「始皇帝」。但是他秉性剛戾，不但對人民嚴刑重罰，又曾經焚燒經書，坑殺儒士，成爲舉世的浩劫。始皇擔心人民會背叛他，將天下的兵器都收集在咸陽城中，做成十二個金人。於是大興宮殿建築，極端奢侈，強征人民勞役，使人民無法過安適的生活，所以有「暴秦」之稱。始皇出巡天下好幾次，最後死在沙丘，在位共三十七年。始皇嚴刑酷法，焚書坑儒的事實，在史記卷六秦始皇本紀有很詳細的記載：

（三十五年）侯生盧生相與謀曰：「始皇為人，天性剛戾自用，起諸侯，幷天下，意得欲從，以為自古莫及己。專任獄吏，獄吏得親幸。博士雖七十人，特備員弗用。丞相諸大臣皆受成事，倚辨於上。上樂以刑殺為威，天下畏罪持祿，莫敢盡忠。上不聞過而日驕，下懾伏謾欺以取容。秦法，不得兼方，不驗，輒死。然後星氣者至三百人，皆良士，畏忌諱諛，不敢端言其過。天下事無大小皆決於上，上至以衡石量書，日夜有呈，不中呈不得休息，貪於權勢至於如此，未可為求僊藥。」於是乃亡去，始皇聞亡，乃大怒曰：「吾前收天下書不中用者盡去之。悉召文學方術士甚衆，欲以興太平，方士欲練以求奇藥。今聞韓衆去不報，徐市等費以巨萬計，終不得藥，徒姦利相告日聞。盧生等吾尊賜之甚厚，今乃誹謗我，以重吾不德也，諸生在咸陽者，吾使人廉問，或為妖言以亂黔首。」於是使御史悉案問諸生，諸生傳相告引，乃自除犯禁者四百六十餘人，皆阬之咸陽，使天下知之，以懲後。

㈡　范睢折肋人疑死，誰言重得相於秦。

范睢是戰國秦魏人，本來想要游說爲魏王作事，但是家中貧苦，只能到中大夫須賈那裏工作。有一天，范睢隨從須賈出使到齊國，由於齊襄王聽說范睢很善於口辯，心中很喜歡他，於是賞給他黃金、牛酒等禮物。當范睢辭謝這份厚禮時，却令須賈產生懷疑，認定他洩露魏國的秘密，便要他留下牛酒，退還黃金。回到魯國之後，須賈便將這件事稟告了宰相魏齊，魏齊非常憤怒，就鞭打范睢，范睢的肋骨打斷了，牙齒也脫落了，他只好裝死，逃到秦國去。

從此范睢改名易姓爲張祿，並以遠交近攻的策略，游說昭王，於是官拜客卿，過不久又升爲宰相，封作應侯。後來因爲他所任命擊趙的鄭安平投降趙國，而平日與自己親善的河東太守，又因爲與諸侯私下往來被殺，范睢只好自己請求免去宰相的職位，另外推薦蔡澤代替他。范睢由窮困挫折的布衣，做到秦國的宰相，其中的曲折都在史記卷七十九范睢蔡澤列傳中：

范睢者，魏人也，字叔。游說諸侯，欲事魏王，家貧無以自資，乃先事魏中大夫須賈，須賈為魏昭王使於齊，范睢從，留數月，未得報。齊襄王聞睢辯口，乃使人賜睢金十斤及牛酒，睢辭謝不敢受。須賈知之，大怒，以為睢持魏國陰事告齊，故得此饋，令睢受其牛酒，還其金。既歸，心怒睢，以告魏相。魏相，魏之諸公子，曰魏齊。魏齊大怒，使舍人笞擊睢，折脇摺齒。睢佯死，即卷以簀，置廁中。賓客飲者醉，更溺睢，故僇辱以懲後，令無妄言者。……秦王乃拜范睢為相。

㈢ 相如盜入胡安學，好讀經書人不聞。

司馬相如，漢朝成都人，字長卿。自小喜好讀書，雖然有些口吃的毛病，但善於寫作著書。景帝時，作武騎常侍官，後來因爲得病而免去官職。武帝時，因爲獻賦而得侍郎的官位，又因溝通西南夷有功，不久便升官孝文園令，但又因爲生病而免官。由於相如所作子虛、上林、大人等賦，詞藻瑰麗，氣韵排宕，成爲漢代的詞宗，揚雄曾經稱讚他的賦，不是來自人間的，而是上天神化而成的。相如善文詞，是無人不曉的，不過他隨著胡安讀經書的事；却沒有多少人知道，但是根據尚友錄的記載，我們可以知道胡安是漢代臨邛人，在白麗山收徒教學，司馬相如曾經跟隨他讀經書。至於司馬相如讀經的因緣以及他好學的精神，以伯三六三六號卷子記載得最爲清楚：

> 司馬太子，蜀人也。家貧，於臨邛市上掃市以求糇。□△見鄉人姜涉話藺相如之雄才；太子時年九歲，雖處孤窮，有心慕相如之□□□稱以司馬相如。臨邛有胡安，教授諸生數百。相如自家窮寒，不敢慕□△△△。遂與胡安牧牛羊家僮客□畜牧。日暮，竊入學左穿壁聽書。△△△□一覽無遺。後因胡安小出□偶相逢，安問其故，相如一一答之，安知其△△△□。諸生日有所進，凡論奧義，諸生皆不如。後與卓文君俱入梓童山。漢△△△楊佐（得）意與誦上林，子虛賦，帝慕其才，將駟高車於山迎出，拜為侍中△△丞相。

㈣孔丘雖然有聖德，終歸不免厄於陳。

孔子，春秋魯國人，名丘，字仲尼。天生就具有聖人德性，但是他沒有一定的老師，曾經向老聃問禮、萇弘學樂、師襄習琴。一開始在魯國作官，由大司寇的身分攝行宰相的事，後來辭去官職，周遊各國，可惜沒有被重用，六十八歲便返回魯國，整理六經，用來傳布先王的大道。由於孔子首先開啓私人講學的風氣，再加上學生三千多人中，有成就的共七十二人，眞是個偉大的教育家，無怪後世尊他爲至聖先師。但是像孔子這樣有聖德的人，仍然不免有處於困境的時候。在孔子家語子路初見、困哲二篇與論語衞靈公等多處，都有記載，至於孔子困厄於陳國的本末情形，則詳見於史記卷四十七孔子世家第十七：

孔子遷于蔡三歲，吳伐陳。楚救陳，軍于城父。聞孔子在陳蔡之間，楚使人聘孔子。孔子將往拜禮，陳蔡大夫謀曰：「孔子賢者，所刺譏皆中諸侯之疾。今者久留陳蔡之間，諸大夫所設行皆非仲尼之意。今楚，大國也，來聘孔子。孔子用於楚，則陳蔡用事大夫危矣。」於是乃相與發徒役圍孔子於野，不得行，絕糧。從者病，莫能興，孔子講誦弦歌不衰……。

(五) 匡衡鑿壁偷光學，專錐刺股有蘇秦。

匡衡，漢朝東海人，字稚圭。博通經書義理，尤其善於說詩，曾作太子少傅官，後又升爲丞相，封樂安侯。匡衡幼年的時候，雖然家庭貧苦，但他勤學不怠，夜晚利用穿鑿的牆壁引得鄰舍的燭光勤讀。據藝文類聚引漢書（今本漢書無）說：

匡衡鑿壁引鄰家火光，孔中讀書。

西京雜記也有類似的記載：

匡衡字稚圭，勤學而無燭，鄰舍有燭而不逮。衡以穿壁引其光，以書映光而讀之。

由於匡衡的苦學精神，很值得後人稱讚效法，所以在伯二五二四號卷子「勤學」類，有「穿壁」條註：

匡衡字稚，東海人。家貧，鑿壁引鄰舍火光讀書。仕至承（丞）相。

另外與匡衡同列於「勤學」類的是「刺股」的蘇秦。蘇秦，戰國洛陽人，字季子，曾經跟從鬼谷子，學習縱橫家的言論，又出外游歷好幾年，但是却一事無成，他回家之後，不但他的妻子不迎接他，嫂嫂不爲他準備餐飯，就連父母也不再善待他了，蘇秦受了這種刺激之後，就發憤讀陰符經，每當頭昏想睡的時候，就拿尖錐子刺自己的大腿，經這樣苦學之後，學識大爲精進，便前往秦國遊說秦惠王，但不被採用，於是他不畏艱難，去遊說燕趙韓魏齊楚六國，主張六國聯合抗秦，終於作了六國的宰相，令秦兵十五年間不敢妄窺函谷關。在戰國策第三卷秦策中，敘述蘇秦奮勉讀書的情形：

> 讀書欲睡，引錐自刺其股，血流至足。

蘇秦除刺股爲學以外，還將頭髮懸於梁上，奮讀不懈。伯四〇五二「蘇秦」條註說他是：

> 讀書至睡，懸頭於屋梁上亦（上四字被點去）以木錐（「錐」字被點去）刺股。……

如此的苦學，三字經裏也稱讚他說：

> 頭懸梁，錐刺股，彼不教，自勤苦。

㈥　孫景（敬）懸頭猶恐睡；姜肱罷業不憂貧。

孫敬，漢朝信都人，字文寶。生性就好讀書，平常都閉戶誦習經書，每當疲倦想睡的時候，就用繩子繫著頭髮，懸掛在梁上。有一天當他到市集上，人們看到他，都非常驚訝地說：「閉戶先生來了！」在晉朝李瀚的蒙求「孫敬閉戶」註裏，引楚國先賢傳的記載說：

> 孫敬字文寶，常閉戶讀書，睡則以繩繫頭懸之梁上。嘗入市，市人見之，皆曰：「閉戶先生來也」。辟命不至。

另外藝文類聚引後漢書，伯二五二四「勤學」類「懸頭」條註及伯三六五〇A「閇（閉）戶先生」條註，都有類似的記載。

姜肱，後漢廣戚人，字伯淮。與弟弟仲海、季江三人都以孝行著名。由於姜肱精通五經，又明星緯，所以桓帝想要徵召他，但他並不想去，桓帝便派畫工去描繪他的面貌，但肱却拿被子遮住臉，使得畫工始終無法作畫。後來宦官曹節也想要徵他作太守，他只好隱居起來，七十多歲才回家。古賢集說他：「翫業不憂貧」，也就是指他這種天生不喜仕宦的個性。姜肱的傳可詳見後漢書卷五十三：

姜肱字伯淮，彭城廣戚人也。家世名族，肱與二弟仲海季江俱㠯孝行著聞。其友愛天至，常共臥起。及各娶妻，兄弟相戀不能別寢，㠯係嗣當立，乃遞往就室。肱博通五經兼明星緯，士之遠來就學者三千餘人。諸公爭加辟命，皆不就。……後與徐穉俱徵，不至。桓帝乃下彭城使畫工圖其形狀。肱臥於幽闇，㠯被韜面，言感眩疾，不欲出風。工竟不得見之。

(七) 車胤聚螢而映雪，桓榮得貴貴金銀。

車胤，晉朝南平人，字武子。少年時代十分勤學，但是家中貧苦不常有油點燈，所以夏季裏常常將螢火蟲聚集袋中，而在它們所發出的微弱亮光下讀書。後來受到桓溫的推薦，非常的顯耀，曾經作過征西長史。護軍將軍、吏部尚書等職位。車胤聚螢讀書的事情，見於晉書卷八十三：

胤恭勤不倦，博學為通，家貧，不常得油，夏月則練囊盛數十螢火以照書，以夜繼日馬。

又藝文類聚在讀書類中載：

車胤字武子。少勤學，家貧無燈，夏月乃聚螢哭讀，冬曾聚雪。仕至司徒。

車胤夏日聚螢、冬日映雪而讀一事，在伯二五二四「勤學」類，「聚螢」條註也有相同的記載：

車胤字武子，家貧無油，消（絹）袋盛數十螢讀書，冬卽雪映。其□後仕至司徒。

桓榮，後漢龍亢人，字春卿。小時候讀歐陽尚書，但是家境淸苦，只好替人幫傭，賺錢生活，學成之後，在九江教學，後又當博士，教太子經書。有一天，皇帝到太學，和博士們討論疑難，由於榮能辯明經義，得到皇帝欽佩，所以升他爲少傅，並賞賜車馬，於是榮會集衆人，陳列他的車馬印綬說明，他今天所以蒙受這些賞賜，完全是以前努力的結果啊！「桓榮得貴賣金銀」的事情除在後漢書卷三十七有記載外，要以伯四○五二號卷子所述原委最爲清楚：

桓榮字春卿，沛國龍亢人也。與佚（族）人桓元卿俱在田桾桳，休息之際，榮輙開書卷於四頭讀之。元卿曰：「貧賤境用是何？」榮終身不改。及帝召通尚書；選入為皇太子師，榮遂對策高弟（第），帝大善之，拜榮為太子少傅。太子受榮，才（自）稱弟子之禮，賜其車馬衣物。榮陳之於庭，謂父兄曰：此蒙稽（古）（之）（力）（也）！

㈧　造賦題篇曹子建；羅含呑鳥日才新。

曹植，字子建，是三國魏武帝曹操的兒子，文帝曹丕的弟弟。十歲便能寫文章，文思很敏捷，甚得曹操寵愛。但是文帝即位之後，忌妒他的才華，想要加害他，於是有七步成詩的故事，但他一生都不被重用，最後鬱鬱不得志而病死。由於曹植才思俊捷，詞藻富麗，世人都稱他的文章爲「繡虎」，很受好評，所以謝靈運讚美他是「八斗才」。三國志魏書有他的傳，另外在伯二五二四號卷子「王」類「自古賢王」條的「陳思王」下註明他是「善文」的。

羅含，晉耒陽人，字君章。二十歲，州刺史就三次辟召他，但是他不肯就任。後作州主簿，桓溫極爲重視他的才能，稱他爲「江左之秀」，作過廷尉、長沙相等官職。關於「羅含呑鳥日才新」一事，晉書卷九是這樣記載的：

> 含幼孤，為叔母朱氏所養。少有志向，嘗晝臥，夢一鳥文彩異常，飛入口中，因起驚說之。朱氏曰：「鳥有文彩，汝後有文章。」自此後深思日新。

似乎羅含呑鳥之後，使他的文采出衆，在伯二五二四號卷子「文筆」類，「夢鳥」條註：「羅含夢呑五色鳥，文詞日新。」

(九)　甯戚馳車秦國相，朱買貧窮被棄身。

陳慶浩在古賢集校註裏已經說明了甯戚是齊大夫，並非秦國宰相，至於甯戚受到齊桓公重用一事，我們從淮南子卷第十二道應訓中，就可以明白這件事的本末：

> 甯戚欲干齊桓公，困窮無以自達，於是為商將任車，以商於齊，暮宿於郭門之外。桓公郊迎客，夜門門辟任車，爝火甚盛，從者甚衆。甯戚飯牛車下，望見桓公，而悲擊

牛角，而疾商歌。桓公聞之，撫其僕之手曰：「異哉，歌者非常人也。」命後車載之，桓公友至，從者以請。桓公贛之衣冠而見。說以為天下，桓公大說……。

而晉李瀚的蒙求，「甯戚扣角」題註引（三）齊略記，有甯戚敲擊牛角而歌的內容：

齊桓公夜出迎客，甯戚夜擊其牛角，高歌曰：「南山石干，白石爛，生不遭堯與舜禪，短有單衣，適至骭干，從昏飯牛薄夜半，長夜漫漫何時旦」桓公召與語，說之，以為大夫。

朱買臣，簡稱朱買，漢朝會稽吳人，字翁子。家貧，砍柴度日，常行歌讀書，他的妻子感到羞恥，要求離開他。買臣對他的妻子說：「我五十歲的時候，一定會富貴，現在已四十多歲，再等幾年，等我富貴之後，一定會報答妳的功勞的。」可是買臣的妻子不聽，就另外嫁了一位田夫。武帝時嚴助推薦買臣，為會稽太守。當他進入吳地的時候，見到他以前的妻子與現在的丈夫在道旁迎接，買臣命令後車載他們夫婦到太守舍園中居住，但是經過一個月，他的妻子羞愧的自縊而死。買臣後來升丞相長史，由於張湯行丞相事的時候，曾經陵折過他，買臣心中十分怨怒，於是揭發他不可告人的事件，不料張湯為此自殺，皇帝也因而殺了買臣。

買臣在貧窮被妻子拋棄的事，詳見於漢書卷六十四：

朱買臣字翁子，吳人也。家貧，好讀書，不治產業。常艾新樵賣以給食。擔束薪行，且誦書。其妻亦負戴相隨，數止買臣毋歌嘔道中，買臣愈益疾歌；妻羞之，求去。買臣笑曰：「我年五十當富貴，今已四十餘矣。女苦日久，待我富貴報女功。」妻恚怒曰：「如公等終餓死溝中耳，何能富貴？」買臣不能留，即聽其去。

另外在伯二五二四「弃夫」類「買臣妻」條註、伯三七一五「買臣入漢，果衣錦以歸」條註、以及伯四○五二，都有相同的記載，但是在買臣陳述富貴的年歲上，與漢書略有不同，伯二五二四載：

臣曰：「吾年四十當貴，今已卅九，卿不待之？」

伯四○五二載：

買臣曰：「吾年四十當貴，今已卅九，卿努力待之。」

另外敦煌變文集齖魺書把朱買臣的故事，敍述重點放在他勤學不倦的精神上：

平旦寅，少年勤學莫辭貧。君不見，朱買臣未得貴，由自行歌自負薪。

(十) 晏子身微懷智計，雙桃方便煞三臣。

晏子，春秋齊國大夫，字平仲。歷事靈公、莊公、景公，以節儉力行的精神顯名於當世。後人采錄他的行事和各種諫諍的言論，輯成晏子春秋一書。這裏晏子如何以二桃殺三士的情節，則詳載於晏子春秋內篇諫下第二、晏子諫第二十四：

公孫接，田開疆，古冶子事景公，以勇力搏虎聞。晏子過而趨，三子不起。晏子入見公……因請公使人餽之二桃，曰：「三子何不計功而食桃。」公孫接仰天而歎曰：「晏子智人也，夫使公之計吾功者，不受桃，是無勇也；士衆而桃寡，何不計功而食桃矣。接搏㹮而再搏乳虎，若接之功，可以食桃，而無與人同矣。」援桃而起。田開疆曰：「吾伏兵而却三軍者再，若開疆之功，亦可以食桃而無與人同矣。」援桃而起。古冶子曰：「吾嘗從君濟於河，黿御左驂以入砥柱之流。當是時也，冶少，不能游，潛行逆流百步，順流九里，得黿而殺之。左操驂尾，右挈黿頭，鶴躍而出津，人皆曰河伯也，若冶視之，則大黿之首，若首之功，亦可食桃而無與人同矣。二子何不反桃？」抽劍而起。公孫接、田開疆曰：「吾勇不子若，功不子逮，取桃不讓是貪也，然不死無勇也。」皆反其桃挈領而死。古冶子曰：「二子之死，冶獨生不仁，恥人以言而夸其聲，不義，恨乎所行，不死無勇。雖二子同桃而節，冶專桃而宜。」亦反其桃，挈領而死。

(十) 許由洗耳潁川渠；巢父牽牛澗上驅。

許由，字武仲，是上古的高士，唐堯曾經要把天下讓給他，可是他不接受，於是退隱在潁水北邊的箕山下。後來堯又要召他爲九州長官，由很不想聽，甚至怕這些話沾污了他的耳朵，就跑到潁水邊洗耳朵，這件事見於史記卷六十一伯夷列傳張守節正義引皇甫謐高士傳：

許由字武仲。堯聞致天下而讓焉，乃退而遁於中嶽潁水之陽，箕山之下隱。堯又召為九州長，由不欲聞之，洗耳於潁水濱。

另外在敦煌伯二五二四「高尚」類「箕山」條註、伯二五三七籯金隱逸篇第廿五「洗耳」條註，以及伯二六二一子虛賦與伯三八二一十二時行孝文中都有敘述說。

巢父，陶唐的高士，隱居在山野，年老的時候，居住在樹巢上，所以號稱爲「巢父」。當時，堯本想將天下讓給他，但是他不接受。一天，巢父牽著牛到潁水邊飲水，恰巧遇見正在洗耳朵的許由，於是巢父好奇地問他爲什麼要洗耳朵？當巢父問明原因之後，唯恐許由洗耳朵的髒水沾污了他的牛，於是遷到上游。這件事史記卷六十一伯夷列傳張守節正義引皇甫謐高士傳中說：

堯又召為九州長，由不欲聞之，洗耳於潁水濱。時有巢父牽犢欲飲之，見由洗耳，問其故。對曰：「堯欲招我為九州長，惡聞其聲，是故洗耳。」巢父曰：「子若高岸深谷，人道不通，誰能見子？子故浮游，欲聞求其名譽。汙吾犢口。」牽犢上流飲之。

(十一) 夷齊餓首陽山下，遊巖養性樂閑居。

夷齊，是指伯夷、叔齊二兄弟，伯夷，名元，字公信，叔齊，名致，字公遠。兩人都是孤竹君的兒子，伯夷知道父親有立弟弟叔齊的心意，於是在父親去世之後，偷偷離開了自己的國家，將王位讓給叔齊，可是叔齊認爲不該由他繼位，於是也離開了，後來周武王攻伐商朝，伯夷非常反對，於是進諫武王，但是周武王並沒有聽他的話，終於滅了殷朝，統一天下，這時候，他認爲吃周的食糧是一件可恥的事，於是隱居首陽山，一直到餓死在那裏。這件事記載在史記卷六十一伯夷列傳中：

武王已平殷亂，天下宗周，而伯夷、叔齊恥之，義不食周粟，隱於首陽山，采薇而食之。及餓且死，作歌。……遂餓死於首陽山。

另外敦煌卷子尚有多處可見，如伯二六二一子虛賦：

夷牟（齊）我（餓）死羊（陽）山側，會望留得萬代名。

伯二七二一雜抄：

……見武王伐紂不義，隱首陽山，恥食周粟。……並草不食，遂我（餓）死於首陽山。

……

又伯三六五〇B籯金有「伯夷」註：

伯夷死於首陽之山。

(十三) **荊軻入秦身未達，不解琴吟反自誅。**

荊軻，戰國齊人。後遷居於衞，衞人稱他爲慶卿；到燕國以後，稱爲荊軻，他生性好讀書、擊劍，平常喜歡和燕國的屠狗夫與善於擊筑的高漸離，到市上飲酒。燕太子丹以客禮款待荊軻，想派他刼殺秦王，收復土地。於是荊軻請求先以秦將樊於期的頭與燕國督亢的地圖獻給秦王，然後見機行事。在荊軻啓程的時候，賓客都穿著白色衣冠來送他，場面非常感人，但荊軻見到了秦王之後，却因刺殺失敗慘遭殺害。在史記卷八十六刺客列傳第二十六將荊軻與衆人告別的情形，作了很詳細的描述：

太子及賓客知其事者，皆白衣冠以送之。至易水之上，既祖，取道，高漸離擊筑，荊軻和而歌，為變徵之聲，士皆垂淚涕泣。又前而歌曰：「風蕭蕭兮易水寒，壯士一去兮不復還！」復為羽聲忼慨，士皆瞋目，髮盡上指冠。於是荊軻就車而去，終己不顧。

另外陳慶浩先生在古賢集校注中指出，此處的「琴」是指高漸離所擊的筑，「吟」指宋意「壯士一去兮不復還」的和歌。據伯二五二四「送別」類「易水」條註：

燕太子丹使荊軻刺秦王，祖送易水之上，高漸離擊筑，宋意和之曰：「風蕭（蕭）兮易水寒，壯士一去兮不復還」。

陶淵明詠荊軻也有「漸離擊悲筑，宋意唱高歌」的詩句，如此把別離哀傷的情景，表現的更爲生動。

(十四) 蘇武落蕃思漢帝，身憑雁足與傳書。

蘇武，漢朝杜陵人，字子卿。武帝時，以中郎將的身份出使匈奴，雖然單于脅迫他投降，但蘇武堅持不肯屈服，於是被關入大窖中，齧雪呑旃忍受饑渴，後來被放逐到北海去牧羊，這時蘇武仍然保持他的節操。經過了十九年，由於昭帝與匈奴和親，蘇武才得重返大漢，作典屬國的官位。宣帝時，又封他爲關內侯。關於蘇武落蕃，如何以雁足傳書，據漢書卷五十四則記載：

昭帝卽位數年，匈奴與漢和親。漢求武等，匈奴詭言武死，後漢使復至匈奴，常惠請其守者與俱，得夜見漢使。具自陳道，敎使統謂單于，言天子射上林中得雁，足有係帛書，言武等在某澤中。使者大喜，如惠語以讓。單于視左右而驚謝漢使曰：「武等實在。」……武以元始六年春至京師。

在敦煌伯二五二四號卷子中「客遊」類「鴈書」條註，也引述漢書內容說：

漢書曰：「蘇武使凶（匈）奴，凶（匈）奴留之，詐云武已死，後漢使凶（匈）奴，武竊見之，令報凶（匈）奴云：漢帝射得上林中鴈足得帛書云：武在凶（匈）奴，武遂得還。」

(十五) 燕王被囚烏救難；干將造劍喪其軀。

燕太子丹，戰國燕王喜的兒子，曾在秦國爲人質，後逃回燕國，因爲目睹秦國威力，恐將消滅六國，於是暗中培養勇士，派荆軻借著督亢地圖及秦將樊於期的頭，去刺殺秦王，但因謀刺失敗，因此激怒秦王出兵伐燕。當初太子丹被秦王囚禁爲人質的時候，烏鴉白頭救難的事情，見於燕丹子：

燕太子丹質於秦，秦王遇之無禮；不得意，欲求歸。秦王不聽，謬言令烏白頭，馬生角，乃可許耳，丹仰天嘆，烏卽白頭，馬生角，秦王不得已而遣之。

古賢集對燕太子丹的描述，與史書記載不完全相合，但敦煌變文集鷰子賦中也有相同說詞：

燕王怨秦國，位馬變爲驎。

干將，戰國吳人。莫邪是干將的妻子，當干將作劍時，莫邪將剪下來的頭髮和指甲，投到熔爐中，金鐵才凝潤起來，製造成劍，陽劍稱「干將」，陰劍稱爲「莫邪」，干將造劍之事，詳見吳越春秋闔閭內傳第四所記載：

請干將鑄作名劍二枚，干將者，吳人也；……莫邪干將之妻也。干將作劍，采五山之鐵精，六合之金英，候天伺地，陰陽同光，百神臨光，天氣下降而金鐵之精不銷淪流，於是干將不知其由。……於是干將乃斷髮爪投於爐中，使童男童女三百人鼓橐裝炭，金鐵力（乃）濡，遂以成劍：陽曰干將，陰曰莫邪；陽作龜文，陰作漫理。干將匿其陽，出其陰而獻之。

干將經過三年辛苦地造劍，但劍成之後却被楚王殺了，晉干寶搜神記卷十一記載莫邪被殺的原因：

楚干將莫邪為楚王作劍，三年乃成，王怒，欲殺之。劍有雌雄；其妻重身當產，夫說妻曰：「吾為王作劍，三年乃成，王怒，往必殺我，汝若生子是男，大告之曰：「出戶望南山，松生石上，劍在其背。」於是卽將雌劍往見楚王，王大怒，使相之：「劍有二，一雄一雌，雌來雄不來。」王怒，卽殺之。

(十六) 為父報讎眉間尺，直諫忠臣午子胥。

干將爲楚王造劍，劍造成之後反而被楚王殺害，當他的兒子赤比長大之後，想要爲父親報仇，以盡人子孝道，他爲父親報仇的原委經過，干寶搜神記在干將造劍的事情之後，還繼續的敍述如下：

莫邪子名赤比，後壯，乃問其母曰：「吾父所在？」母曰：「汝父為楚王作劍，三年乃成。王怒，殺之，去時囑我：『語汝子：出戶望南山，松生石上，劍在其背。』」於是子出外戶南望，不見有山，但覩堂前松柱下，石低之上，卽以斧破其背，得劍，日夜思欲報楚王。王夢見一兒，眉間廣尺，言：「欲報讎。」王卽購之千金。兒聞之，亡去，入山行歌，客有逢者，謂：「子年少，何哭之是悲耶？」曰：「吾干將、莫邪子也。楚王殺吾父，吾欲報之。」客曰：「聞王購子頭千金，將子頭與劍來，為子報之。」兒曰：「幸是！」卽自刎，兩手捧頭及劍。奉之，立僵。客曰：「不負子也。」於是屍乃仆，客持頭往見楚王，王大喜、客曰：「此乃勇士頭也，當於湯鑊煑之。」

王如其言，煑頭三日三夕，不爛。頭踔出湯中，躓目大怒。客曰：「此兒頭不爛，願王自往臨視之，是必爛也。」王即臨之。客以劍擬王，王頭隨墜湯中。客亦自擬己頭，頭復墜湯中，三首俱爛，不可識別，乃分其湯肉葬之，故通名「三王墓」。今在汝南北宜春縣界。

干將之子，爲報父仇，如此的英勇，所以在伯三八二一號卷子十二時行孝文裏稱讚他的孝行說：

干將造劍國並(無)二，臣(雄)劍安(安)在木松間。為父報讎不惜死。

伍員，春秋楚國人，字子胥。父親伍奢，兄長伍尚都被平王殺害，子胥逃往吳國，輔佐吳王治國，等國富兵强之後，便興兵討伐楚國，當伍員兵入楚都郢的時候，平王已經死了，但伍員憤恨難消，於是掘墓鞭尸，報父兄之仇。在吳國打敗越國時，越王句踐請求和談，吳王夫差輕易地答應了，伍子胥雖然極力忠諫，但吳王不聽，甚至引起反感，又因太宰嚭的讒言陷害，夫差便以劍賜他死，臨死之前，子胥含恨對舍人說：「我死之後，請挖出我的眼睛，懸掛在吳國城東門上，讓我眼睜睜地看越國人攻入吳城，消滅吳國啊！」於是自刎而死。九年後越國果然滅了吳國，應驗了子胥的話。在史記卷六十六伍子胥列傳第六，將伍子胥忠貞屢次忠諫不怕死的精神無遺地表露出來：

二年後伐越，敗越於夫湫。越王勾踐乃以餘兵五千人棲於會稽之上，使大夫種厚幣遺吳太宰嚭以請和，求委國為臣妾。吳王將許之。伍子胥諫曰：「越王為人能辛苦，今王不滅，後必悔之。」吳王不聽，用太宰嚭計，與越平。其後五年，而吳王聞齊景公死而大臣爭寵，新君弱，乃興師北伐齊。伍子胥諫曰：「勾踐食不重味，弔死問疾，且欲有所用之也。此人不死，必為吳患，今吳之有越，猶人之有腹心疾也。而王不先越而乃務齊，不亦謬乎！」吳王不聽，伐齊，大敗齊師於艾陵，遂滅鄒魯之君以歸。益疏子胥之謀，其後四年，吳王將北伐齊……伍子胥諫曰：「夫越腹心之病……願王釋齊而先越；若不然，後將悔之無及。」而吳王不聽，使子胥於齊。子胥臨行，謂其子曰：「吾數諫王，王不用，吾今見吳之亡矣……。

子胥死後九年，吳國被滅，吳王愧對子胥，後悔不已，伯二七二一雜抄上的記載是這樣的：

何人死而衣因誰？昔吳王不敢聽忠臣直諫而取佞臣（太）宰喜（嚭）所讒，枉煞忠臣午（伍）子胥，復迫（被）越軍所誅。吳王臨死告諸臣曰：「吾取佞臣（太）宰（嚭）諂讒，枉殺忠臣仵（伍）子胥。吾今死後，地下必見子胥，羞慚（慚）不已，請以面帛蓋之」于今不絕。

(十七) 結草酬恩魏武子，萬代傳名亦不虛。

魏顆，春秋晉國人。是晉卿魏武子的兒子，武子有一個寵妾，在武子生病的時候，命令顆將來一定要她另外嫁人，但是到臨終病危的時候，却要她一同殉葬。等到武子死後，顆說：「病重時，人的心智已經混亂，說的話不可聽從，我當以父親精神還好時所說的話去做。」於是把這位寵妾嫁了。後來顆在輔氏與秦師交戰時，看見一位老人結草繩絆倒了秦將杜回，幫他擊敗了秦軍。到夜晚，顆夢見這位老人說：「我就是你所嫁出那女子的父親，因為你採用你先父精神還好時所指示的去做，所以我這樣做來報答你。」在春秋左傳宣公十五年中，對魏顆受結草報恩動人的故事，有詳細的敘述：

壬午，晉侯治兵于稷以略狄土，立黎侯而還。及雒，魏顆敗秦師于輔氏，獲杜回，秦之力人也。初，魏武子有嬖妾無子，武子疾，命顆曰：「必嫁是。」疾病則曰：「必以為殉。」及卒，顆嫁之，曰：「疾病則亂，吾從其治也。」及輔氏之役，顆見老人結草以亢杜回，杜回躓而顛，故獲之。夜夢之曰：「余，而所嫁婦人之父也。爾用先人之治命，余是以報。」

另外在伯二五二四「報恩」類「結草」條註則說的更是清楚：

魏顆者，晉卿魏武之子也。武子有寵妾，武子病，勅顆曰：「吾死後可嫁此妾。」及病困臨終，又曰：「必須以此妾同葬。」顆曰：「吾寧從父精始之言，豈可從亂或之語。」遂嫁之。於秦與晉戰，以魏顆為將，夜夢見一老翁曰：「結草以抗秦軍。」及明日戰，秦將杜迴（回）馬突結草而到（倒），晉人擒之，秦軍大敗。某夜，顆復夢見老翁曰：「吾是軍前不煞妾之父，今結草以相報。」

(十六)　**靈輙（輒）一食扶輪報；隨（隋）侯賜藥獲神珠。**

靈輒，春秋晉國人。趙宣子在首山打獵，當他在桑樹下休息的時候，看見飢餓的靈輒，便拿食物給他吃，但靈輒只吃一半，留下另一半，趙宣子感到非常奇怪，便問他這樣做的原因，輒說明是想要帶回去給母親吃的。趙宣子受到感動，因此再送給他一簍的食物。後來，靈公設下埋伏謀害宣子，靈輒正巧為靈公的甲士，於是倒戟抵禦其他甲士，宣子因而逃脫。

宣子感激地問明幫助他的原因，靈輒說：我就是以前那個翳桑下的飢餓的人。當宣子想再問他的姓名居處時，他已經不告而離開了。這事見於春秋左傳宣公二年：

晉侯飲趙盾酒，伏甲將攻之。其右提彌明知之，趨登曰：「臣侍君宴，過三爵，非禮也。」遂扶以下，公嗾夫獒焉，明搏而殺之，盾曰：「棄人用犬，雖猛何為！」鬬且出，提彌明死之。初，宣子田於首山，舍于翳桑，見靈輒餓，問其病，曰：「宦三年矣，未知母之存否？今近焉，請以遺之。」使盡之，而為之簞食與肉，寘諸橐以與之。既而與為公介，倒戟以禦公徒，而免之。問何故，對曰：「翳桑之餓人也。」問其名居，不告而退，遂自亡也。

至於扶「扶輪報」的故事，在左傳並未述及，而見於伯二五二四「報恩」類，「扶輪」條註：

靈輙者，齊人也。晉大夫趙遁（盾）於桒（桑）下見餓人，遁（盾）乃傾壺饗哺之。得蘇，遁（盾）問之，荅（答）曰：「齊人靈輙，與于秦，今歸國之粮不能進。」遁（盾）遺粮。得還，復仕晉為守門監。（盾）以忠諫靈公，靈公患之，公有敎犬能囓人，遁（盾）臨朝，獒直來向遁（盾），遁（盾）以足蹴獒，下頷折。遁（盾）謂公曰：賤人貴犬，君之獒何如臣之獒」公怒欲煞遁（盾），遁（盾）走出門將乘車。車一輪，公已令人脱脚，唯一未脱。輙扶遁（盾）上車，以手軸一頭，駕半車而走，遂得免難。遁恠（怪）問之。輙曰：「昔桒（桑）下人也。」

「隋候賜藥獲神珠」的情節，在淮南子、覽冥訓：「譬如隋侯之珠，和氏之璧，得之者富，失之者貧。」這句話下有註解釋：

隋侯，漢東之國，姬姓諸侯也。隋侯見大蛇傷斷，以藥傅之，後蛇於江中，啣大珠以報之，因曰隋侯之珠，蓋明月珠也。

這段傳說在搜神記第二十卷詳細載道：

隋縣溠水側，有斷蛇丘。隋侯出行，見大蛇，被傷中斷，疑其靈異，使人以藥封之。蛇乃能走，因號其處「斷蛇丘」。歲餘，蛇銜明珠以報之。珠盈徑寸，純白，而夜有光明如月之照，可以燭室，故謂之「隋侯珠」，亦曰「靈蛇珠」，又曰「明月珠」。丘南有隋季良大夫池。

在伯二五二四號卷子中，將此歸於「報恩」類，在「傷蛇」條下註：

隋侯出行，見虵被傷，以藥傅之。後銜明月珠以珠〔報〕隋侯。

(九) 太公少年身不遇，八十屠鈎自釣魚；有幸得逢今帝主，文王當喚召同車。

呂尙，周朝東海人。本來姓姜，後從他的封姓，稱呂尙，字子牙。年老時當個隱居的漁夫。在周文王將要出外打獵前，卜者占卜說：「這次打獵所獲得的獵物，既不是龍或彲，也不是虎或熊，而是霸王您的輔佐。果然在渭水的南邊，遇見特殊的呂尙。當時呂尙已經七十多歲了，但一直都不得意，直到文王和他談論以後，大爲高興地說：「我的太公期望你已經很久囉！」於是就拜他爲國師，武王也尊他爲師尙父，他輔佐武王滅了殷朝，統一天下，對於齊營丘，成王時又讓他有專任征伐權利，逐漸地變成爲大國。關於姜太公爲賢明君主重用的遭遇，在史記卷三十二齊太公世家是這樣記載的：

呂尚蓋嘗窮困，年老矣，以漁釣奸周西伯。西伯將出獵，卜之，曰：「所獲非龍非彲，非虎非羆；所獲霸王之輔。」於是周西伯獵，果遇太公於渭之陽，與語大說，曰：「自吾先君太公曰『當有聖人適周，周以興。』子真是邪？吾太公望子久矣。」故號之曰「太公望」，載與俱歸，立為師。

㈩ 江妃淚染湘川竹；韓朋守死嘆貞夫。

江妃是指舜的妃子，博物記卷八史補載：

堯之二女，舜之二妃曰「湘夫人」。舜崩，二妃啼，以涕揮竹，竹盡斑。

又湘中記載：

舜二妃死為湘水神，故曰「湘妃」。

由這兩則資料來看，我們可以感受到江妃的悲傷，與貞亮的節操，實在是感動天地。

韓朋，戰國宋國大夫。由於妻子何氏容貌極美，不久就被康王搶奪去了，韓朋自己也被康王囚禁起來。在他自殺之後，他的妻子很傷心，於是穿上蓄意腐壞的衣服，由高臺跳下，當時左右雖很快地拉住她的衣裳，但衣服已經腐壞無法挽救。在她身上的遺書裏，表示希望與朋能合葬在一起，但是康王大怒，故意將他們兩個墳墓分開，下葬之後，經過一夜，忽見有梓木生於兩墳，樹根相連在地下，枝葉銜接於上面，並有兩隻鳥像鴛鴦一樣，常棲息在樹上，早晚發出悲傷地哀啼，當時的人，說這是韓朋夫妻兩人相愛的精神顯靈。這事在變文集韓朋賦記載最詳盡，另外晉干寶搜神記卷十一也有相同的記述說：

宋康王舍人韓憑，娶妻何氏，美，康王奪之。憑怨，王囚之，論為城旦。妻密遺憑書，繆其辭曰：「其雨淫淫，河大水深，日出當心」。旣而，王得其書，以示左右。左右莫解其意。臣蘇賀對曰：「其雨淫淫，言愁且思也。河大水深，不得往來也。日出當心，心有死志也。」俄而憑乃自殺。其妻乃陰腐其衣，王與之登臺，妻遂自投臺，左右攬之，衣不中手而死。遺書於帶曰：「王利其生，妾利其死，願以屍骨賜憑合葬」。王怒，弗聽。使里人埋之，冢相望也。王曰：「爾夫婦相愛不已，若能使冢合，則吾弗阻也。」宿昔之間，便有大梓木，生於二冢之端；旬日而大盈抱，屈體相就，根交於下，枝錯於上。又有鴛鴦雌雄各一，恆棲樹上，晨夕不去，交頸悲鳴，音聲感人。宋人哀之，遂號其木曰「相思樹」。「相思」之名起于此也。南人謂此禽卽韓憑夫婦之精魂。今睢陽有韓憑城。其歌謠至今猶存。

(二十一)　蜀地救火有鸞（欒）巴，發使騰星檢不賒。

欒巴，東漢蜀郡人，字叔元。博讀經書，喜歡道術，桓帝時擔任黃門令的官職，後又任桂陽太守，爲政相當明察。不久受到徵召，官拜尚書，但又因他人犯罪的牽累，遭到免職。靈帝即位後，又出來做議郎官，由於與陳蕃同黨，被竇武收押，交給廷尉審理，不得已自殺。這裏敍述他救蜀地大火的事，見於後漢書卷五十七欒巴傳的章懷太子註中引神仙傳說：

巴為尚書，正朝大會，巴獨後到，又飲酒西南噀之。有司奏巴不敬。有詔問巴，巴頓首謝曰：「臣本縣成都市失火，臣故因酒為雨以滅火。臣不敢不敬。」詔卽以驛書問成都，成都答言：「正旦大失火，食時有雨從東北來，火乃息，雨皆酒臭。」……

(二十一) 東方入海求珍寶，船頭迴面笑官家。

東方朔，漢朝厭次人，字曼倩，談話十分詼諧。武帝時，當侍中官，時常以滑稽的言論，寓寄著諷諫意思，令皇帝有所感悟。但是，上書陳說農戰強國的政策，不被重用，因此寫答客難一文自我安慰。至於東方朔入海求寶的事，則詳見搜神記（八卷本）卷四：

漢武帝與越王為親，乃遣東方朔泛海求寶；惟命一周迴，朔經二載乃至。未至間，帝問左右：「朔久而不至，今寰中何人善卜。」對曰：「有孫賓者，極明易筮。」帝乃更庶服潛行，與左右賫絹二疋往卜。叩賓門，賓出，迎而延坐，未之識也。帝乃啓卜。卦成，知是帝，惶懼起拜。帝曰：「朕來覓物，卿勿言。」賓曰：「陛下非卜他物，乃卜東方朔也。朔行七日必至。今在海中，面西招水大嘆。到日請詰之。」至日朔至，帝曰：「卿約一年，何故二載？」朔曰：「臣不敢稽程，探寶未得也。」帝曰：「七日前卿在海中，西面招水大嘆何也？」朔曰：「非嘆別事，嘆孫賓不識天子，與帝對坐，因此而嘆。」帝深異之。

(二十二) 董仲書符去百惡；孫賓善卜辟妖邪。

董仲，是二十四孝子之一──董永的孩子。董仲生平，如今不容易考定，但古小說中，却往往在董永故事後面，接著鋪述董仲的事蹟，所以王重民敦煌古籍敍錄介紹董永變文時便說道：

變文較搜神記及諸孝子傳多出董仲一節，仲始見於何書與何時，今不可考。益自有此

變文，永以孝，仲以燬孫賓卜書，並傳於民間，而仲遂以能篆符鎮邪怪著稱矣。

關於董仲能書符去百惡的事，在明一統志卷六十六安陸州仙釋傳中曾說：

董仲漢，董永子，母乃天之織女，故仲生而靈異，數篆符鎮邪怪。當遊京山潼棄，以地多蛇毒，書二符以鎮之，其書遂絕，今篆石在京山之陰。

由於董仲能書符鎮怪，也的確配得上是天上織女的兒子。

至於孫賓善於卜算，見於搜神記，已在「東方入海求珍寶」中敘述過了，所以不再重複描述。

(二十四) 張騫奉使尋河路；王母乘龍載寶花。

張騫，西漢成固人。建元時，奉命出使月氏國，經過匈奴地區，被拘留十多年後，才逃回國。不久又隨從衞青出擊匈奴，由於他知道沙漠中有水草的地方，所以軍隊從不缺乏水糧，因此他被封爲博望侯。後來，上書請求籠絡烏孫，切斷匈奴右臂，於是升官中郎將，出使烏孫，再分派副使到大宛、康居、大夏等地，從此西北各國，開始與漢朝往來。史記卷百二十三大宛列傳卷末，太史公敘述張騫向西尋找河路的事，說道：

禹本紀言「河出崑崙。崑崙其高二千五百餘里，日月所相避為光明也。其上有醴泉，瑤池。」今自張騫使大夏之後也，窮河源，惡睹本紀所謂崑崙乎？

敦煌變文集中前漢劉家太子傳裏也稱引史記說：

漢武帝使大夫張騫賷衣糧尋盟津河上源。

王母，指西王母，在漢武帝內傳中曾指述：

……唯見王母乘紫雲之輦，駕九色斑龍。……載太真晨嬰之冠。

而伯三九一○新合孝經（經）皇帝感辞（辭）一十一首中則將張騫與西王母牽扯在一起：

張騫本自欲登山，漢帝使遣上升天；仐（今）朝採遇西王母，駕鶴乘龍上紫烟。王母壹見甚朎（玲？）朧（瓏？），花林玉樹竟開紅，比聞仙桃難可見，不期仐（今）月得相逢。張騫尋河值蒙（蒙？）龍，正見藥樹在月中，雞鳴三聲在日裏，擉（獨）夭（笑）三聲虛空。……張騫尋河長遲遲，正見織女在羅機；五百交後壹時動，五百鑽頭並相隨。玉女桓在寶臺坐，常共牽牛七月期，七月六日蹔（暫）相見，七月七日卽分離。張騫尋河放消遙，正見織女摘仙桃，張騫身向內宮坐，共一牽牛為大（夫）婦。狀似遠道苦征遼，水深千扙（丈）而難度，交兒河（何）處覓舨（？），艃（？），織女啼哭莫狍糟，誰能為女造浮橋？寄詃（語）填河烏䳍（鵲）烏（鳥），年年不為早怛懔？……

(二五) 歎念閻浮漢武（明）帝；賫粮奉命度流沙。

漢明帝，是漢光武帝第四個兒子。在位的時候，獨尊儒術，法令相當分明，曾經派遣蔡愔等人到天竺求佛法，終於求得佛經及沙門到京師來，又特別爲他們在洛陽城西邊，建立一座白馬寺，這就是佛教進入中國的開始。明帝所以會派遣使者求佛法的原因，據後漢書卷八十八西域傳的記載是：

世傳明帝夢見金人，長大，頂有光明，以問群臣。或曰：「西方有神，名曰佛，其形長丈六尺而黃金色。」帝於是遣使天竺問佛道法，遂於中國圖畫形像焉。……

在伯三三七六法王本記東流傳錄第一明帝得夢求法品記對這件事也說解的很詳細：

案援（後）漢大內傳云：「永平三年，明帝夜中夢見丈六金人，光明奇特，色相無比，項後圓光照耀如日月。明帝寤，不自安，至旦（早）大集群臣卜占此夢。通人傅毅答曰：臣聞西城（域）有神號之為仏，陛下所夢，將必是之。」國子博士王遵等對曰：「臣案周書異記云：周照（昭）王時，有聖人在西方。大史蘇由所記；一千（年）聲教被及此土。陛下所夢必當是之。明帝信以為然，遣郎中蔡愔，中郎秦景、博士王遵等十八人，尋訪仏法。至天竺國，乃見沙門迦葉摩騰、築法蘭二人，秦景等乃求請之。摩騰、法蘭二人即共苦（秦）景等冒涉流沙，至於雒陽。明帝大悅，甚遵（尊）重之，即於雒陽城東西建立精舍。」今白馬、興聖二寺是。

(三六) 誰見牽牛別織女；唯聞海客鎮乘查。

在李商隱的海客詩中，曾經歌詠牛郎織女的故事，他的詩是這樣寫的：

海客乘槎上紫氛，星娥罷織一相聞，只應不憚牽牛妒，聊用支機石贈君。

至於這個故事的本末，在荊楚歲時記裏有著仔細地敍述：

七月七日為牽牛織女聚會之夜。按：戴德夏小正云：「是月織女東向」，蓋言星也。

春秋斗運樞云：「牽牛，神名。略石氏。」星經云：「牽牛名天關。」佐助期云：「織女，神名收陰。」史記天官書云：「是天帝外孫。」傅玄擬天問云：「七月七日牽牛織女會天河。」此則其事也。舊說天河與海通，近世有人居海渚者，每年八月有浮槎去來不失期。人有奇志，立飛閣於槎上，多齎糧，乘槎而去，十餘月至一處，有城郭狀屋舍甚嚴，遙望宮中有織婦，見一丈夫牽牛渚次飲之。牽牛人乃驚問曰：「何由至此？」此人為說來意，幷問：「此是何處？」答曰：「君還，至蜀都訪嚴君平則知之。」竟不上岸，因還如期。後還蜀問君平，君平曰：「某年某月有客星犯牽牛。」宿計年月，正此人到天河時也。牽牛星，荊州呼為河鼓，主關梁；織女則主瓜菓。嘗見道書云：「牽牛娶織女，借天帝二萬錢下禮，久不還，被驅在營室中。」河鼓、黃姑，牽牛也，皆語之轉。

㈦　延陵留劍掛松枝，墳下亡人具得知。

季札，是春秋吳王壽夢最小的兒子。由於他很賢能，所以壽夢想立他爲太子，但是他推辭不肯接受，於是改封到延陵，因此號稱「延陵季子」。有一次，當他經過徐國，與徐君會談的時候，發現徐君很喜愛他身上所配的劍，但是一直不敢說出口，季札心裏雖然有贈劍的意思，可是還要出使到中原國家，不能沒有配劍，所以一直沒有送給他。但是當他返國，經過徐國的時候，徐君已經過世了，於是季札解下身上的配劍，繫在徐君墳前的樹枝上，就離開了！季札延陵留劍的故事，見於史記卷三十一吳太伯世家：

季札之初使，北遇徐君。徐君好季札劍，口弗敢言。季札心知之，為使上國，未獻。還至徐，徐君已死，於是乃解其寶劍，繫之徐君冢樹而去。從者曰：「徐君已死，尚誰予乎？」季子曰：「不然。始吾心已許之，豈以死倍吾心哉！」

另外在變文集孝子傳中，也有相同的記載：

楚成王季札（原註：吳之公子說也。）使於鄭國，北遇除（徐）君，除（徐）君見札寶劍，不言，欲之。札之（知）其意，口不言，許之。以往使未士逹（達），不受劍於徐君之墓去。書曰（曰）：延陵之信也。出說夢。

(二十八)　**伯桃併粮身受死，參辰無義競妻兒。**

左伯桃，戰國燕人，羊角哀的好友。他們二人以仁義相交的故事，在列士傳裏有記載：

左伯桃與羊角哀為死友，聞楚王賢，往見之。道遇雨雪，計不俱全，乃謂角哀曰：「我所學不如子，子往矣。」并衣糧與羊哀，入樹中死。角哀獨行事楚，顯名當世。遂啓樹發伯桃屍改葬之。喟然曰：「吾友所以死，惡俱盡無益，而名不顯於天下也，今我寧用生為！」亦自殺也。楚國之人聞之，莫不流涕。

變文集中也有很多有關的記載，尤其以伯二五〇二描述的最詳細：

昔秦州人羊角哀，燕州人左伯桃二人，聞楚文王有德，故王（往）皈之。中路值天大雪，積日不消，粮食乏少，計不前達。角哀謂伯桃曰：「我今併廿日粮與子，往仕於楚。」桃曰：「我之才藝不如於子。」遂併粮與角哀。伯桃在樹孔中，數日而死，哀憶桃，遂具白楚王道俱來之意。王卽命羣臣國中出族，往迎其喪，令大夫禮葬，埋在楚（王）西南。角哀夢中見伯桃曰：「蒙子厚葬，得稱華營，吾死不恨。埋我與將軍荊軻墓側，軻侍豪富，日夜屢戰，吾亦不伏。尅今月十五日大戰，告退弱卽為奴僕，豈非益子之恥。」哀寐覺而歎曰：「蒙子衣粮得達，是子之義，若不死，是貪生之言。既須吾往，不可違也。」哀遂向（問）楚王陳兵塚上，與荊軻鉾甲影日三鬪金無所覩，仰天歎曰：「子屬蒙見，得吾則勝，兵雖衆不知地下誰勝！」登言涕泣，舉劍自刎而死。豈不為交促命喪身。

在伯二五二四把它歸於「朋友」類，在「併粮」的條註載：

羊角哀子（與）左伯桃為友，問（聞）楚王賢，俱往仕之。路逢滯雪，絕粮，計不俱全，遂併粮與角哀，桃入樹中餓死。

另有伯二五三七籯金朋友篇第廿人「併糧」條，也同樣指伯桃、角哀兩個人。

「參辰無義」，指閼伯、實沈兩兄弟，同爲商辛氏的兒子，但是他們兩人並不友愛，常常以干戈互相征鬪，從不謙讓。這件事見於春秋左傳昭公元年：

晉侯有疾，鄭伯使公孫僑如晉聘，且問疾。叔向問焉，曰：「寡君之疾病，卜人曰實沈臺駘為祟，史莫之知，敢問此何神也？」子產曰：「昔高辛氏有二子，伯曰閼伯，季曰實沈，居于曠林不相能也，日尋干戈以相征討。后帝不臧，遷閼伯於商丘，主辰，商人是因，故辰為商星；遷實沈于大夏，主參，唐人是因以服事夏商。……」

雖然這兩個兄弟無情義可說，但「競妻兒」的事情，正史上並沒有記載，恐怕是民間另有傳說。

(三九) 庭樹三荊恨分別；恆山四鳥嘆分離。

「庭樹三荊恨分別」是敍述三兄弟想分家，但受到門前荊樹的啓示，內心感動，於是和睦相處的故事，在藝文類聚曾引周景式孝子傳的記載說：

古有兄弟，忽欲分異，出門見三荊同株，接葉連陰，歎曰：「木猶欣聚，況我而殊哉！」還為雍和。

在續齊諧志裏說得更清楚、更通俗：

京兆田真田慶田廣三兄弟共議分財，貲產皆平均，惟堂前一株荊樹，議斫為三，樹卽枯死。真往見之，大驚，謂諸弟曰：「樹木同株，聞將分斫，所以顦顇，是人不如樹也。」因悲不自勝，不復解樹。樹應聲榮茂，兄弟相感合財寶，遂為孝門。

又敦煌伯二五二四號卷子，在「兄弟」類中的「三荊」條註下，也載有這件事。

前漢田真兄弟三人，親沒，將分居。財並分訖，唯庭前荊樹未分，將欲伐之，樹經宿枯委（萎）。真感之，泣曰：「樹猶怨分張，奈河（何）死懷分居哉！」遂不復分，樹還復如故。

至於「恆山四鳥嘆分離」，也是指出萬物生靈，與骨肉生離的時候，都具有哀慟悲歎的情緒，這事見於孔子家語卷五顏回第十八的記載：

孔子在衞，顏回侍側。聞哭者之聲甚哀，子曰：「回，汝聽此何所哭乎？」對曰：「回以此哭聲非但為死而已又有生離別者也。」子曰：「何以知之？」對曰：「回聞桓山之鳥，生四子焉，羽翼旣成，將分于四海，其母悲鳴而送之，哀聲似於此，謂其往而不返也，回竊以音類而知之。」孔子使人問哭者，果曰：「父死家貧，賣子以葬，與之長決。」子曰：「回也善於識音矣。」

另外伯二五二四，把它們歸在「兄弟」類，所描敍的內容相似，但問答的對象不同。在「四鳥」條註中說：

孔子遊泰山，聞哭者甚哀，謂顏回曰：「此生離也。」因問之，果生離也。顏回問曰：「夫子何以知之？」孔子曰：「昔桓公（山）有鳥而生四子，羽翼旣成，將飛四海，悲鳴不絕，有類於此。」

㈢ 割袖分桃漢武帝；楊朱歧路起慈悲。

「割袖」一事，據正史記載，不是出於漢武帝的故事，而是漢哀帝與董賢間的故事。據漢書卷九十三佞幸傳第六十三的記載是：

董賢……常與上臥起。嘗晝寢，偏藉上褎。上欲起，賢未覺；不欲動賢，迺斷褎而起。其恩愛至此。

這個愛臣而割袖的典故，在伯二五二四「美男」類中有「董賢」條註：

姣（美）皃（貌），漢哀帝寵之，与（與）賢同服。賢臥，着帝衣袖，帝起，恐驚賢睡，乃以刀割而起。

至於「分桃」一事，也與漢武帝無關，據韓非子說難，則載錄彌子瑕分桃給衞君的故事，說道：

> 昔者彌子瑕有寵於衛君，……異日，與君遊於果園，食桃而甘，不盡，以其半啗君。君曰：「愛我哉，忘其口味，以啗寡人。」

同樣在敦煌伯二五二四「美男」類，「弥（彌）子遐（瑕）」條下有相近的敍述，但是衞公分桃給子瑕：

> 衞靈公愛童也，公得桃，食，分半與遐（瑕）噉之。

雖然割袖分桃都不是武帝的事，但陳慶浩先生在古賢集校註中，以爲這是可以比類的，他說：

> 割袖分桃，典非出自漢武帝，然武帝有龍陽之癖。史記卷一百二十五佞幸列傳第六十五：「今天子中寵臣，士人則韓王孫嫣，宦者則李延年。……時嫣常與上臥起。……案道侯韓說，其弟也，亦佞幸。」「李延年，中山人也，父母及身兄弟及女，皆故倡也。延年坐法腐，給事狗中。……與上臥起，甚貴幸，埒如韓嫣也。」「衞青，霍去病亦以外戚貴幸，然頗用材能自進。」如上韓嫣、李延年等之事，謂「割袖分桃漢武帝」，亦無不可。

楊朱，戰國衞人，字子居。有人傳說他曾經跟老子求學，也有人說他比墨子的時代還晚，但是現在已經無法知道他確實的生平了。他的著作也亡佚了，只有部份思想理論散見列子、孟子等書中，他主張一切爲我，若要他拔一毛而利天下，那是絕對不可能的。楊朱「歧路亡羊起慈悲」一事，見列子卷八說符所載：

> 楊子之鄰人亡羊，既率其黨，又請楊子之豎追之。楊子曰：「嘻！亡一羊何追者之衆？」鄰人曰：「多歧路。」既反，問：「獲羊乎？」曰：「亡之矣。」曰：「奚亡之？」曰：「歧路之中，又有歧焉，吾不知所之，所以反也。」楊子戚然變容，不言者移時，

不笑者竟日。門人怪之，請曰：「羊賤畜，又非夫子之有而損言笑者何哉？」楊子不答。……心都子曰：「大道以多歧亡羊，學者以多方喪生。……

(三) 曾參至孝存終始，一日三省普天知。

曾參，春秋魯國人，字子輿。孔子弟子，小孔子四十六歲，非常孝順，有一天，不小心把田裡瓜的根弄斷了，父親曾點大怒，拿大杖把他打昏了，過了好久，才甦醒過來。孔子知道這件事，告訴其他學生說：「等會兒曾參到這裏，不要讓他進來，因為他父親打他，如果是用小木杖便可以接受，但他父親用的是大木杖，他就應該跑開，今天曾參卻讓父親打得幾乎死去，等於是以不義的罪名陷害他的父親，怎麼可以說他是個孝子呢？」當曾參知道孔子對他的教誨以後，趕緊向孔子拜謝。據孔子家語卷九七十二弟子解第三十八載：

曾參，南武城人；字子輿，少孔子四十六歲。志存孝道，故孔子因以作孝經。齊嘗聘，欲為卿，不就，曰：「吾父母老，食人之祿則憂人之事，故吾不忍遠親而為人役。」參後母遇之無恩，而供養不衰。及其妻以藜烝不熟，因出之。人曰：「非七出也。」參曰：「藜烝小物耳，吾欲使熟而不用吾命，況大事乎！」遂出之，終身不取妻。其子元請焉，告其子曰：「高宗以後妻殺孝己，尹吉甫以後妻放伯奇；吾上不及高宗，中不比吉甫，庸知其得免於非乎。」

在敦煌變文集秋胡變文裏也記載曾參至孝，同時又侍奉孔子，留名後代的事：

兒聞曾參至孝，離背父母侍仲尼，无□懈惓，終日披尋三史，洞達九經，以顯先宗，留名萬代。

曾參在父母去世以後，仍然保持孝子哀思的深情，禮記檀弓上載：

曾子謂子思曰：「伋，吾執親之喪也，水漿不入於口者七日。」

曾子孝行，在敦煌卷子伯二五二四「孝感」、「喪孝」、「孝養」三類中，都有記載。「孝感」類「曰（白）烏」條註：

曾參至孝，三足烏栖於冠。又与（與）父母行，行渴，曾參悲向涸井，井為之出。

「孝養」類「曾閔」條註，標舉他說：

曾子閔子騫俱以孝稱於世。

另外「喪孝」類「絕漿」條註也有：「曾參母亡，絕漿七日」的話。

曾參每天自我反省三次，記載在論語學而篇第一條：

曾子曰：「吾日三省吾身，為人謀而不忠乎？與朋友交而不信乎？傳不習乎？」

論語自古就是學子們必讀的經典，自然普天之下，沒有人不知道曾子每日三省的事了。

㈢　王寄三牲猶不孝，慈母懷愁鎮抱飢。

董黯，後漢句章人，字叔達。董仲舒的六世子孫。事奉母親極孝順，所以母親身體健康，精神愉快，但是鄰居王寄不孝順他的母親，所以他母親非常瘦弱。但這件事卻令王寄懷恨在心，等董黯外出時，乘機侮辱董母，被董黯知道以後，憤恨的不得了，等他母親死後，董黯殺死王寄，並拿他的頭祭祀母親，而後向官府自首。這事在會稽郡故書雜集，會稽典錄卷上有

「董黯」條載：

董黯字孝治，句章人。家貧，采薪供養。得甘果，奔走以獻母。母甚肥說。鄰人家富，有子不孝，母甚瘦小。不孝子疾黯母肥，常苦辱之。黯不報。及母終，負土成墳，烏獸助其悲號。喪竟，殺不孝子置冢前以祭。詣獄自繫，會赦得免。

此事又見於太平御覽三百七十八卷人事部、四百八十二卷人事部及藝文類聚卷三十三人部報讎條等。而變文集孝子傳記載董黯孝親的事情，尤其詳細：

董黵（黯）字孝理，會越州勾章人也。少失其父，獨養老母，恭甚敬，每得甘菓美味，馳走獻母，每（母）常肥悦，此比鄰有王寄者，其家劇富。寄為人不孝，每於外行惡，母常憂懷，形容羸瘦。寄母謂黵（黯）母曰：「夫人家貧年高，有何供養，恆常肥悦如是？」母曰：「我子孝順，是故示也。」黵（黯）母語寄母曰：「夫人家富，美膳豐饒，何以羸瘦？」寄母爾曰：「故瘦爾。」寄後聞之，乃煞三牲，致於母前，扙力脅仰御（抑）令喫之。尃伺（專伺）候董黵出外，直入黵家，〔令〕他母下母床，苦辱而去。黵尋知之，卽欲報怨，恐母憂愁，嘿然含愛。乃母壽終，葬送已訖，乃斬其頭特（持）祭於母。日（自）縛詣官，會赦得免。出後漢書。

（三二）孟宗冬笋供不闕；郭巨夫妻生葬兒。

孟宗是三國時吳國江夏人，字恭武。年紀輕的時候，追從李肅求學，讀書不懈，李肅很驚奇地讚賞他說：「你眞是位宰相的人才啊！」不久，當鹽池司馬官，再調任爲吳令，累遷到司空的職位。他的母親很有賢德，孟宗也極爲孝順。冬天，母親想吃竹筍，可是筍子還沒有生長出來，孟宗到竹林中而哭求上天的時候，筍子忽然從地下迸出來，當時的人認爲這是孟宗孝順感動上蒼的原因。孟宗思竹的事情，見於三國志卷四十八吳書三嗣主傳第三註引楚國先賢傳：

宗母嗜筍，冬節將至，時筍未生，宗入竹林哀嘆，而筍為之出，得以供母，皆以為至孝之所致感。累遷光祿勳，遂至公矣。

在伯二五二四分入「孝感」類，「冬笋」條註：

孝子傳曰：「孟宗至孝，母欲得笋食，冬自（日），宗入林哀泣，笋為之生。」

另外伯二五三七籯金仁孝篇第廿九「採笋」條也說：

漢書……又孝子孟宗，母冬月思笋，宗入竹林泣及（而）笋出。

郭巨，晉代隆慮人。一家兄弟三人，早年喪父，兩個弟弟各分得財產壹仟萬，只有郭巨貧苦地與母親居住在一起，於是和妻子一起替人幫傭俸養老母親。不久，妻子生下一個男孩，郭巨怕老母親將食物分給小孫子吃，所以他與妻子商量，準備將他們的孩子埋了，但在挖洞的時候，發現一個石蓋，翻開來有一罐黃金，並附有一封書信：「孝子郭巨，賜給你一缽黃金。」也因爲這件事，使郭巨孝名振天下，成爲二十四孝子之一。郭巨的事跡見干寶搜神記，另外孝豐縣志也載有此事。由於郭巨的孝行，連上天都受到感動，所以後人爲了紀念他，將這個縣更名爲孝豐縣。

(三四) 董永賣身葬父母，感得天女助機絲。

董永，後漢千乘人。母親很早就去世了，獨自奉養年老的父親，後來與父親爲了逃避兵災，流浪到汝南，又搬到安陸。父親死後，沒有安葬費，只好賣身向別人借得一萬錢。葬事辦完之後，董永就起身到債主家中工作，在路上遇到一位女子，要求做他的妻子，於是就一同到債主家中；債主要求她織三百匹的絹償債，她只織了一個月就完成了。在回家的路上，她向董永辭別，並告訴董永說：我是天上的織女，因爲受到你孝行的感動，所以天帝命我來幫助你償債，現在債務已經還清了，我也不便久留，說完就凌空而去了。董永的故事，最先見於劉向孝子圖：

有董永者，千乘人也。小失其母，獨養老父。家貧困苦，至於農月，與輣車推父於田頭樹蔭下，與人客作，供養不闕。其父亡歿，無物葬送，遂從主人家典田，貸錢十萬文。語主人曰：「後無錢無主人時，求（與）歿（沒）身（與）主人為奴，一世常（償）力。」葬父已了，欲向主人家去。在路逢一女，願與永為妻。永曰：「孤窮如此，身復與他人為奴，恐屈娘子。」女曰：「不嫌君貧，心相願矣，不為恥也。」永遂共到主人家。主人曰：「本期一人，今二人來何也？」主人問曰：「女有何伎能？」女曰：「我解織。」主人曰：「與我織絹三百疋，放汝夫妻歸家。」女織經一旬，得絹三百疋。主人驚怪，遂放夫妻歸還。行至本相見之處，女辭永曰：「我是天女，見君行孝，天遣我借君償債。今旣債了，不得久住。」語訖，遂飛上天，前漢人也。

到曹植時有「神女爲秉機」的說詞了，在靈芝篇中說：

> 董永遭家貧，父老財無遺，擧假以供養，傭作致甘肥。責家塡門至，不知用何歸，天靈感至德，神女為秉機。

而晉干寶又加添「賣身葬父」故事，於搜神記（二十卷本）卷一載：

> 漢董永，千乘人。少偏孤，與父居，肆力田畝，鹿車載自隨。父亡，無以葬；乃自賣為奴，以供喪事。主人知其賢，與錢一萬，遣之。永行三年喪畢，欲還主人供其奴職。道逢一婦人曰：「願為子妻。」遂與之俱。主人謂永曰：「以錢與君矣。」永曰：「蒙君之惠，父喪收藏，永雖小人，必欲服勤致力，以報厚德。」主曰：「婦人何能？」永曰：「能織。」主曰：「必爾者，但令君婦為我織縑百疋。」於是永妻為主人家織，十日而畢。女出門，謂永曰：「我，天之織女也，緣君至孝，天帝令我助君償債耳。」語畢，凌空而去，不知所在。

在敦煌文獻董永變與孝子傳中，於董永「賣身葬父母」外，同時又敷衍了董永與織女二人的孩子董仲的故事。另外伯二五二四將他的故事列於「孝感」類，在「感妻」條註下引孝子傳說：

> 前漢董永，千乘人也。少失母，獨養老父。家貧傭力，常推鹿車於田頃侍養。後父亡，求與主人作奴貸錢葬父。訖，路逢一婦人，求與永為妻。永曰：「貧乏與人作奴，何敢此也。」婦曰：「心相願樂，不為恥也。」永將婦歸主人。問：「婦何善？」婦曰：「善織。」主人曰：「織縑三百疋，放汝夫妻。」卽織縑三日，滿三百疋。主人大驚，便放之。永共婦行至道，婦曰：「天見君至孝，遣我來助還債。」遂辭去。

㊟ 高柴泣血傷脾骨；蔡順哀號火散離。

高柴，春秋衞國人，又有說是齊國人。字子羔，又作子皐。是孔子的弟子，十分孝順。

禮記檀弓上篇說：

高子皐之執親之喪，泣血三年未嘗見齒，君子以為難。

另外敦煌變文集秋胡變文裏也說到他

臣聞昊天之重，七日絕漿；網（罔）極之勞，三年泣血。

而伯二五二四把這事歸於「喪孝」類，並在「泣血」條下註道：

高柴泣血三年。

同時伯二五三七篇仁孝篇第廿九「泣血」也有相似的記載：

高柴思母，泣血三年。

蔡順，後漢安城人，字君仲。早年父親去世，於是奉養老母至孝，曾在山中砍柴的時候，家中突然來了客人，母親見蔡順還沒回來，於是咬痛指頭，此時山中的蔡順忽然心動，就立刻回家了。在他母親逝世還沒下葬的時候，鄰居失火，火勢逼近蔡順的家，蔡順於是伏棺號啕大哭，只見火勢轉向，而倖免災難。蔡順知道母親生前害怕雷聲，所以在母死後，每當遇到打雷的時候，蔡順就跑到母親墳墓旁安慰著說：「順在這裏。」蔡順後來被推舉爲孝廉，但因爲他不肯遠離母親的墳墓，最後終老在家。蔡順孝順的事敦煌伯二五二四在「孝感」類「火飛」條中說：

蔡順字君仲，汝南人。少失父，孝親老母。後母亡，停喪在堂，東家失火，與順屋相連，獨一身不能移動，伏棺號泣，火遂飛過，越燒西家，一時蕩盡。順母生時畏雷，後每有雷鳴，順走就塚呼曰：「順在此！」

(二六) 思思可念復思思，孝順無過尹伯奇。

尹伯奇，是尹吉甫的兒子。伯奇非常仁孝，但被後母陷害，這事見於琴操卷上履霜操：

履霜操者，尹吉甫之子伯奇所作也。吉甫周上卿也，有子伯奇。伯奇母死，吉甫更娶。後妻生子曰伯邦，乃譖伯奇於吉甫曰：「伯奇見妾有美色，然有欲心。」吉甫曰：「伯奇為人慈仁，豈有此也。」妻曰：「試置妾空房中，君登樓而察之。」後妻知伯奇仁孝，乃取毒蜂綴衣領；伯奇前持之。於是吉甫大怒，放伯奇於野。伯奇編水荷而衣之，采楟花而食之。清朝履霜，自傷無罪見逐，乃援琴而鼓之曰：「履朝霜兮採晨寒，考不明其正兮聽讒言；孤恩別離兮摧肺肝，何辜皇天兮遭斯愆；痛歿不同兮恩有偏，誰說顧兮知我冤。」宣王出遊，吉甫從之，伯奇乃作歌，以言感之於宣王。宣王聞之曰：「此孝子之辭也。」吉甫乃求伯奇於野而感悟，遂射殺後妻。

另外在伯二五〇二所記載的內容，則不全相同：

伯奇者，周時上卿吉甫之子。少（下破失）心，奉侍過於親母。母生一子，字子春，伯奇（下破失）妬，欲却伯奇，謂夫曰：「伯奇無慈，打伯子春（下破失）有此後母屢進讒言，其父遂不信。母謂夫（下破失）挽甫，便取言，謂伯奇曰：「既是汝母；因何有此不仁，汝若有（下破失）雪，汝若無理，速即出矣。」伯奇得責，終不自理，徘徊內懃（下破失）遂詣何（河）曲，被髮行渧，束身投何（河），何（河）伯不受，仰天嘆曰：「我（下破失）天不覆我，地不載我，父母不容，何（河）伯不受，如此昔（苦？）我將何以歸？」時（有）一老母，詣何（河），遇見伯奇，曰：「吾今無子，與我為兒」奇曰：「我事一親，由（猶）不得所，今當事母，如不秤（稱）意，悔將何及？」遂抱石沈河而死。於後父知子枉，為子煞其婦也。

（三七）文王得勝忘朋友，放火燒山覓子推。

介子推，春秋晉國人，又名介之推，稱介子、介推。曾隨從晉文公在國外逃亡十九年。文公後來歸國繼承君位，却忘記了介子推的功勞，但介子推也不去要求俸祿，於是和老母親隱居到綿山。後來，文公終於想到他了，要求見他，但子推却不肯出山。文公就引火燒山，逼迫介子推出來，但他竟然抱木而死，文公極爲哀痛，在琴操卷下龍蛇歌載：

龍蛇歌者，介子綏所作也。晉文公重耳與子綏俱亡，子綏割其腕股以救重耳。重耳復國，舅犯趙衰俱蒙厚賞，子綏獨無所得。綏甚怨恨，乃作龍蛇之歌以感之，遂遁入山。……文公驚悟，卽遣求，得於緜山之下。使者奉節迎之，終不肯出。文公令燔山求之，火熒自出，子綏遂抱木而燒死。文公哀之流涕，歸，令民五月五日不得舉發火。

另外子推仁義一事，在伯二五〇二「子推割股，萬代重其仁」條下記敘的更詳細：

昔晉文公名重耳，遭後母麗姬所讒，遂奔於齊。介子推與舅范（犯）趙襄（衰）三人隨之，在外十年餘還國，辛苦備至。於路絕粮，遇得一烏食殘雉炙餌文王，文王食之不足，子推割股肉為數饗炙而與之。文公還國，遂登位。襄、范二人富貴。子推還家看母，文公不憶。母曰：「人皆富貴，汝有割股之勤，今無賞乎？」子推曰：「母欲得萬代之名？一世之榮？」母曰：「吾欲得萬代之名。」子推密題文公門曰：「有龍矯矯，中失其所，三蚍從之，周流天下；二蚍入國，厚其爵土；一蚍琉璃，棄之草野。」文王出讀，見之悲曰：「是我介子推之詞也。」文公乃自詣家覓之，不見，文公問其母曰：「去時可不留言？」母曰：「有人覓我，使向覆釜山中。」文王遠山喚之，唯聞其聲，身形不出。文公燒山，以甕䝷（貯）水，遍滿山谷，令火至入甕。子推立志，心懷怨恨，唯於水甕中見一空影，抱樹而死。文公為之立廟，又復寒食斷火，此乃萬代之名也。

(三六)　**子夏賢良能易色；顏淵孔子是明師。**

子夏，是春秋衞國人，姓卜，名商。孔子的弟子，不但擅長文學，又精通詩經，成爲魯詩，毛詩的祖師，而春秋公羊、穀梁學者也都自稱是傳於子夏。等到孔子去世之後，子夏便往西河講學，魏文侯也以師禮對待他。子夏賢良能易色的特性，在論語學而篇就有記載：

子夏曰：「賢賢易色；事父母，能竭其力；事君，能致其身；與朋友交，言而有信。雖曰未學，吾必謂之學矣。」

孔子的生平事蹟，在前面已經敍述過了，不再重覆。至於孔子成爲師聖，所受帝王供奉的計有隋文帝封其爲「先師尼父」，唐高宗封其爲「太師」，明世宗封其爲「至聖先師孔子」，清世祖封其爲「大成至聖文宣先師孔子」。

顏回，春秋魯國人，無繇的兒子，字子淵。孔子的弟子，天資明睿，家中貧苦，但好求學，列於孔門德行科。在羣弟子中是最賢明的，孔子稱讚他不遷怒，不貳過，但僅僅二十九歲，頭髮就全白了，三十二歲便去世了，孔子知道顏回死了，哭得非常傷心。後世稱他復聖。此處說顏回與孔子同爲明師，可能是指他貧而好學的精神，足以爲人們師法。

肆 評論

傳記是屬於歷史性的文學，它的原則和特徵是：先以歷史資料爲依據，而其中細膩的瑣事，可以憑文學家的想像去創造。換句話說，現代傳記文學的特色，必須綜合了歷史眞實客觀，及文學細膩生動的兩大寫作特色，才能完成傳記文學的眞正使命❾。所以傳記細分起來，大約有實體類和文學類。實體類是用偉人的眞實事跡，記敍偉人的偉大，而讓兒童來效法；文學類則大半是虛記其人其事，或是借用其人其事，進而有所寓意，具有教育和啓發的作用❿。古賢集所記載的人物事跡，同時兼備了實體和文學兩類。是以事實做基礎，並運用簡易的文字，予以文學藝術的鎔裁。像這種傳記讀物，最適宜給兒童閱讀。

傳記因爲大多是借著人生的事物來曉喻兒童，使他們走向正確的方向和有價值的人生，所以傳記在兒童文學上佔著重要的地位。古賢集對兒童更具有相當的教育功能，它能夠幫助兒童們以先賢爲典範，樹立自己的理想；更由先賢克服困難、奮鬥不懈的精神，激發自己創造未來的勇氣，進而鎔鑄堅毅不拔的意志，領略人生的成功途徑與重要意義⓫。

古賢集採詩歌形式寫成，兒童唸來容易朗朗上口，更方便記憶，但相對的，由於字數的限制，無法將古賢的事跡作一個完整的介紹，使兒童對偉人們有更清楚的認識與了解。同時古賢集在人物取裁上，介紹了一些超出題意的「非古賢人」，如暴虐無道的秦始王，不孝侍親的王寄，他們都不合「古賢」條件，但皆列在文中，雖然是以反面描述，但是與標題不合，實在不太理想。

註釋

❶ 參見鄭蕤、談兒童文學，頁一〇〇。

❷ 見於葛琳、兒童文學——創作與欣賞，頁二五四。

❸ 參見吳鼎、兒童文學研究，頁八五。

❹ 參見許義宗、兒童文學論，頁七七。

❺ 詳見陳祚龍、敦煌資料考屑下册，關於中古燉煌流行的蒙書一文，頁三七五。

❻ 陳祚龍先生 La Vie et les ouvres de Wou-Tchen（816～895）（Ed. Ecolè Fraucaise d' Extrême-Orient, Paris 1966）

❼ 參見陳慶浩、古賢集校註，載於敦煌學第三輯，頁六七。

❽ 古賢集原文，依陳慶浩、古賢集校註迻錄、本章所引臺灣未見巴黎原卷資料，也依他所引者轉錄。

❾ 詳見葛琳、兒童文學——創作與欣賞，頁二五三。

❿ 參見鄭蕤、談兒童文學，頁一〇〇。

⓫ 參閱林守為、兒童文學，頁一一六；鄭蕤、談兒童文學，頁一〇一；許義宗、兒童文學論，頁七八。

第六章　敦煌童話寓言

寓言（fable）是什麼呢？寓言是類如隱語的一種文體，就依我們中國字的字體來求解釋，也就是將很深遠的意思，寄託在淺顯易懂的語言文字中的一種文體，換句簡單一點的話來說，那也就是表面上雖然似在敘述一件平常的事或一個故事，但實際上卻深藏了無限的意思。所以寓言常常是意內而言外的，有時候可以透過一件很普通的事物，來表達很深的哲理和很遠的意思❶。由於這種寓有教訓，或含有新啓示的故事，它的內容常把動物或無生物擬人化，使之成爲主角。所以寓言是可以不基於事實，而超越自然的❷。在大英百科全書中，傑斯史坦因（Jess Stein）對寓言作了短潔的解釋：

> 凡是一種含有教訓意義的故事，卽爲寓言；通常以動物或無生物作爲主角。

像這種「言在此而意在彼」的寓言，若是過份的玄虛高奧，是無法爲兒童所接受的。所以就兒童而言，寓言是用淺近假託的事物，說明一個事理，來闡述人生哲理，表達道德教化，或抒發個人心境，反映社會狀態，對兒童具有啓發性、積極性和教育性的故事❸。

寓言的起源，多半是在古代文化發達很早的國家，如我國、印度、希臘等。大概由於古人接近自然、崇尚自然，同時生活安閑，富於幻想。所以他們能從自然的形形色色中體會出一番道理，倘若這種道理純粹以理論發揮，便是哲學思想，若將這些道理，用譬喻解說，便形成了寓言的存在。到了後來，國家中種種制度的建立，君民之間地位懸殊，有些聰明而富於理想的人，他們對國家、社會、人生的種種問題，有獨到的見解。但是礙於帝王的專制，以及社會上沒有說話的自由，只有藉著其他的事物譬喻出來。以後輾轉流傳，便構成了寓言的主要來源❹。

在敦煌遺書中，鷰子賦與茶酒論，它們內容曲折，擺脫了古寓言的形式，而以童話寫作方式表達出來。是最受兒童歡迎的童話式的寓言了❺。另有四獸因緣一篇，其中說講部分具有童話寓言風格，但通篇主旨是闡明佛教經義，揭述如來、舍利、大目乾連、阿難陀成佛的因緣，不比前兩篇生動，故在此章中；只分鷰子賦、茶酒論兩節討論於后。

第一節　鷰子賦❻

鷰子賦，敦煌變文集共收兩篇，首篇是以伯二六五三為原卷而參校伯二四九一、三六六六、三七五七及斯六二六七、二一四、五五四等卷子；次篇原卷編號是伯二六五三。兩篇的篇名相同，雖然次篇篇名是補的，但後題有「鷰子賦一首」，可證篇名是正確的。同時兩篇的內容、性質都完全相同，唯描寫的手法巧拙各異。首篇內容曲折有趣，描繪生動，角色鮮活，且以口語為主，所以易得好評，流傳廣泛；但次篇形式較為呆板，文辭整齊少趣味，不似前篇好講述，所以在此節中個人以首篇為主，次篇為輔來討論它們。

壹　寫作時代及其背景

鷰子賦，是描述動物界的強權（黃雀）欺凌弱小（燕子），而控訴於官府（鳳凰）的故事。但是它本身是另有寓意的，這與鷰子賦寫成的時代背景恐有相當的關係。因爲「寓言」的發生，在乎作者對於現實有所不滿，但同時格於形勢，不便作正面的批評，於是只好把本事隱瞞起來，假借別種東西，用巧妙的比喻，深刻的言語來寫成影射的文字，藉以達到譏刺、教訓、勸導等目的的❼。此篇作品便是在這種情況下寫的。

關於鷰子賦成立的時代，容肇祖先生定爲開元間的作品❽。但羅宗濤先生依首篇「一例蒙上柱國」研究另有看法，在敦煌寫卷鷰子賦成立的時代一文中，肯定「五代」是鷰子賦成立的年代。據唐會要八十一所載：

> 天祐三年六月十六勑；司勳所掌勳，及十二轉—上柱國、柱國、上護軍、護軍、上輕車都尉、輕車都尉、上騎都尉、騎都尉、驍騎尉、飛騎尉、雲騎尉、武騎尉等勳，有遷涉以顯勤勞，近年以來，止述柱國，恥轉輕車。

天祐是唐哀帝的年號，在此時雖然授勳不嚴謹但也從二品之柱國起，絕不似鷰子賦中所述，僅一投募充傔，配入先鋒的雀兒，就能蒙上柱國。但至五代就眞有濫授極勳❾的情形，舊五代史職官志載：

> 後唐天成三年五月詔曰：「開府儀同三司，階之極；太師、官之極；封王、爵之極；上柱國，勳之極。近代已來，文臣官階稍高，便授職柱國，歲月未深，便轉上柱國；武資不計何人，初官便授上柱國。官爵非無次第，階勳備有等差，宜自此時重修舊職，今後凡是加勳，先自武騎尉，經十二轉，方授上柱國。永作成規，不令踰越。

此種「武資不計何人，初官便授上柱國」的情況，與雀兒受勳是一樣的，由此受勳情形，可證鷰子賦當是唐末到五代這段時間完成的，絕不似容肇祖所說「開元作品」，而以羅先生的說法較爲合理。

鷰子賦是在一個社會變動不安寧下產生的作品。唐代初年，國勢鼎盛，但安史之亂却是唐由盛入衰的轉捩點，社會混亂，戶口的銳減便是重大的影響。天寶十三年（西元七五四年），天下戶數合九百六萬九千一百五十四。安史亂後的六年（西元七六〇）統計，天下戶計有一百九十三萬一千一百四十五，較亂前減少七百餘萬，天下口有一千六百餘萬。戶減五分之四，口減三分之二。情況甚爲嚴重。而造成這種戶口銳減的原因有三：第一，戍馬干戈中喪亂流離。第二，財政上的攤戶陋規，壓迫民戶逃亡。第三，政令效率低落疏於檢查申報。上述數目，雖不必翔實，但是人口頓減，則爲可信的事⑩。亂後數十年，瘡痍的情況猶未恢復。全唐文卷七一二載李渤請免渭南攤征逃戶賦稅疏上說：

> 竊知渭南縣長源鄉本有四百戶，今才四十餘戶。閿鄉本有三千戶，今才有一千餘戶。

這種戶口銳減的事實，誠如杜少陵無家別詩裏所說的：「寂莫天寶後，園廬但蒿藜，我里百餘家，世亂各東西，存者無消息，死者爲塵泥。」以及石壕吏、新安吏等社會寫實詩，便可以看出戶口銳減自是意料中事。

若再深究戶口銳減的原因，一則君王以土地賞賜臣下，並可傳之子孫，百世保有，使均田制度受到影響。另外，私人的侵佔和買賣也是很重要的原因。如唐高宗，洛州豪富皆籍外占租⑪，盧從愿亦廣占良田百餘頃⑫，這是見於史籍者，其他微官小吏，仗勢侵佔，恐也是所在多有了。在這種情形下，小民無法安其舊業，逃亡成爲必然，農戶也不得不捨棄田舍，遠赴他鄉。國家由於空戶的增加，稅收劇減，而採取制止的措施，但「籍帳之間，虛存戶口，調賦之際，旁及親鄰」⑬製造更多的逃戶，雖然有李嶠以「禁令」：課有司警戒逃亡；「恩德」：不咎既往，且供衣食，並使復業；「權衡」：允許流亡的，擇地而居；「限制」：限逃戶於百日內自首，否則嚴議⑭此法用意雖善，無奈招綏逃戶，返回故土時，已非原貌，無可寄身，因而糾紛疊起，問題不斷，尤其是豪強們趁機上下其手，併佔土地，讓歸返的小民受到極大的痛楚，於是訴諸官方，爭訟不止，唐自中葉以後，此種情形不斷發生，造成社會的動盪不寧，鷰子賦便是影射這種社會隱情的寓言。

貳　形式與內容

由「鷰子賦」的題名，便可明白這篇作品是用賦的形式寫作成的。賦至晚唐五代之時，文人士子們，都喜歡性情之作，或是直抒胸臆，或者描寫史實，或者假託寓言，篇篇自然生動，鷰子賦便是此一時期的寓言作品。

首篇鷰子賦在行文上，採用四六的形式，例如：「鷰子單貧，造得一宅，乃被雀兒強奪，仍自更著恐嚇。」這樣的句子，通篇都是，而少數有對偶的現象。至於押韻的情形則非常特殊，如首段：

仲春二月，雙鷰翱翔，欲造宅舍，夫妻平章。東西步度，南北占詳，但避將軍太歲，自然得福無殃。

其中翔、章、詳、殃等字為下平聲七陽韻。但全篇與這隔句押韻的形式常有出入，因為此敦煌民間文學與當時嚴練整齊、風格板肅的文人作品，已不盡相同。又於全篇末尾，雖有所謂「詩」二首，但是這兩首所謂的詩，却完全不合格律。

次篇鷰子賦，形式非常整齊。僅「不由君事觜頭」、「不由君事落荒」、「鳳凰王今怎不知」三句爲六、七字外，通篇全是五言一句的，卽使是像「鷰子語雀兒」如何，「鳳凰嗔雀兒」如何，也都是五言句。押韻的情形也是兩句一韻，並有換韻現象。

兩篇賦由於形式的不同各具特色，但以首篇較生動自然，無拘束感。

雖然形式上兩篇賦不同，但是描寫雀兒與鷰子爭奪宅舍的事，卻是相同的。

先是鷰子夫婦，在仲春二月的時候，好不辛苦的建立了一個鮮淨的房子。卻沒有料到就在外出的時刻，新蓋的房子竟被頭腦峻削，向來恃強凌弱的黃雀給覇佔了。鷰子返家之後，發現這種情況，不免踏地叫喚。雀兒卻擺出凶惡之態，不由分說的先將鷰子毆打一頓，鷰子夫婦平白遭到如此委曲，不禁相對淚下，一狀告到鳳凰那裏。由於鷰子在文牒中說辭相當地懇切，令鳳凰產生憐閔中正之心，要爲他作主，於是立卽遣專差鴝鵒捉捕雀兒到案。

鴝鵒奉命行事，便一路趕往鷰宅，才到門外就聽到平時狡猾成性，遇事縮頭縮尾的雀兒說：「……多是鷰子，下牒申論，約束男女，必莫開門。有人覓我，道向東村。」此話未了，鴝鵒隔門責怪，令「雀兒怕怖，悚懼恐惶；渾家大小，亦總驚忙。遂出跪拜鴝鵒，喚作大郎二郎：『使人遠來衝熱，且向窟裡逐涼。卒客無卒主人，蹔坐撩理家常』」。此時雀兒爲了求取鴝鵒的通融，表現的如此謙卑恭敬，與對待鷰子的情況，眞是天淵之別。無奈鴝鵒秉公行事，看透雀兒是在「遷延不去，望得脫頭」，於是將雀兒擒了去。

誰知雀兒一到鳳凰面前，立卽反咬鷰子一口，說是：「百姓雀兒，被鷰誘奪宅，昨日奉王帖追，匍匐奔走，不敢來遲。鷰子文牒，並是虛辭，眛目上下，請王對推。」雀兒如此的狡詐兩面，實在令人咋舌。甚至雀兒還敢昧著良心起誓說：「若實奪鷰子宅舍，卽願一代貧寒，朝逢鷹奪，暮逢癡竿，行卽著網，坐卽被彈，經營不進，居處不安，日埋一口，渾家不殘。」雖然雀兒一再的狡辯掩飾，終究不能夠混淆鳳凰的視聽，判了他個「責情且決五百，枷項禁身推斷」的罪行，讓鸗子感到心服。

奪宅的糾紛已經得到解決，整個內容的主題便轉向雀兒的身上。雀兒被杖的事，傳到雀婦的耳裏，怎不傷心，匆忙到獄中探望去，眞是「兩步並作一步」走，一到監獄，正見「雀兒臥地，面色恰似坌土，脊上縫個服子，髣髴亦高五尺，既見雀兒困頓，眼中淚下如雨，口裏便灌小便，瘡上還貼故紙，當時𩨨𩨨勸諫，拗捩不相用語。無事破囉啾唧，果見論官理府，更被枷禁不休，於身有阿沒好處。」雀婦看到此種景象，自然的流露親情，愛責並加。誰知雀兒到了這個時候，尚無一絲悔意，說什麼「男兒丈夫，事有錯誤，脊被揎被，更何怕懼。生不一廻，死不兩度。俗語云：寧値十狼九虎，莫逢癡兒一怒。」接著便要雀婦爲他賄賂脫獄，說道「如今會遭夜莽赤推，總是者黑廝兒作祖。吾今在獄，寧死不辱，汝可早去，喚取鸜鴿。他家頭尖，憑伊覓曲，咬嚙勢要，教向鳳凰邊遮囑，但知免更喫杖，與他祁摩一束。」

雀兒受到囚禁之苦，想賄賂獄子爲他脫枷，雖然一再的叩頭祈求，但獄子因「我且忝爲主吏，豈受資賄相遮，萬一入王耳目，碎卽恰似油麻，乍可從君懊惱，不得遣我脫枷。」回絕了雀兒的要求。雀兒見獄子堅決不答應，便獨自嘆道：「惟須口中念佛，心中發願，若得官事解散，驗寫多心經一卷。」似乎此時雀兒已受佛的影響，有所醒悟。但這只不過是雀兒向來遇風轉向的習性罷了。

一旦曹司更審之時，雀兒強爲己飾的神態又出現了。他道是：「雀兒明明腦子，交被老烏趁急。走不擇險，逢孔卽入，蹔投鸗舍，免被拘執，實緣避難，事有急疾，亦非強奪，願王體悉。」曹司見他善辯，說是避難蹔居，倘若眞是如此，何以恐嚇、蹭打鸗子？雀兒頭腦轉的眞快，一下子便將導火的責任推到鸛子身上，說：「雀兒祇緣腦子避難，蹔時留連鸛舍。既見空閑，暫歇解卸，鸛子到來，卽欲向前詞謝，不悉事由，望風惡罵，父子團頭，牽及上下，忿不思難，便卽相打。」姑聽雀兒之言，似乎振振有理，但實在是僞君子的作風。

雀兒雖是在口頭上逞強，但內心自知理虧，所以主動的提出解決的建議，說是：「鸛子既稱墜翮，雀兒今亦被跨，兩家損處，彼此相亞。若欲確論坐宅，請乞酬其宅價。今欲據法科繩，實卽不敢咋呀。見有上柱國勳，請與收贖罪價。」

鳳凰看雀兒已有悔意，並以上柱國勳贖罪，不再深究，便放他出獄。雀兒出獄，雨過天晴，心情好多了，大概是「不打不相識」吧，雀兒邀了鸛子喝他兩升，兩人也就高高興興的和解了。

一路行來，碰上了鴻鶴，鴻鶴想到他們無事互傷，便罵了他們一頓。鸛雀二人不滿鴻鶴，便反說他幾句。鴻鶴受到譏刺，於是呈詩一首，鸛雀也同時並題一首，說明各人的心志。鴻鶴「何其鳳凰不嗔，乃被多事鴻鶴責疏……」的好管閑事的表現雖然令人討厭，但他祈求平和的用心卻是善的。當各人表明了自己的心志之後，全篇的內容就結束了。

叁 評 論

鸛子賦這兩篇寓言，充滿童趣，雖然常有部分老莊的哲理，但卻是我國童話寓言的特色。仔細推究起來，不難發現這作品所以引人入勝的幾個重要特點：

(一) 口語應用對話活潑

自漢魏以來，已有以口語爲文的，這是文人仿自民間，而民間也襲用貴族大夫間盛行的賦體，以口語韻文講說故事的。鷰子賦將口語注入韻文中，讀起來不僅暢快，更便於說唱，音韻優美，聲調和協。尤其對話的形式，增加了全篇的活潑性，眞是生動逼眞。如鴝鵒隔門遙喚雀兒說：

> 阿你莫漫輒藏，向來聞你所說，急出共我平章。何為奪他宅舍，仍更打他損傷，鳳凰令遣我追捉，手作還自身當，入孔亦不得脫，任你百種思量。

鴝鵒急迫的話語，眞是足以令雀兒驚慌失惜的了。由於口語運用的成功，讀至此時，眞能感受到鴝鵒的威力及雀兒所受的驚嚇。這種對話表現，給人逼眞的感覺。

(二) 角色個性刻劃鮮活

由於作者善於描繪，所以使得全篇角色表現的鮮活傳神，各具性格。計全篇重要的角色，有：鷰子夫婦，雀兒夫妻、鳳凰、鴝鵒、獄子以及鴻鶴等。

首先出現的是鷰子夫婦：

> 雙鷰翱翔，欲造宅舍，夫妻平章。東西步度、南北占詳，但避將軍太歲，自然得福無殃。

夫妻二人互相敬愛，同心建造美滿的家庭，眞可稱的上是安分守己的老百姓。一旦遇到凶惡的雀兒，只有挨打的分，受到的苦楚，不敢私圖報復，也只能求庭上作主：

> 鷰子被打，可唉屍骸，頭不能擧，眼不能開，夫妻相對，氣咽聲哀。……遂往鳳凰邊

下，下牒分析。

鷰子平實厚道的行爲表現，描寫的深刻極了。

世間上似乎少不了，專門欺負好人的壞人，那就是「頭腦峻削」的雀兒，雀兒「倚街傍巷，爲強凌弱」，佔了鷰巢，還口出狂言：

硬努拳頭，偏脫胳膊，鷰若入來，把棒撩脚。伊且單身獨手，嘍我阿莽孽斫，更被唇口囁嚅，與你到頭尿却。

果眞鷰兒囘來了，雀兒就立刻擺出流氓橫暴無理的模樣：

不問好惡，拔拳卽搓，左捶右聳，剜耳摑頭，兒捻拽脚……

此種惡人的神態，表露無遺。雀兒有遇弱則強，遇強卻弱的雙重性格，文中描繪的更是活生活現的。但是惡人總有醒悟的時候，雀兒的醒悟，使昏暗的情緒轉向明朗開懷。

雀婦在全篇中，雖然沒有什麼重要的分量，但是他卻是中國古代典型婦女的寫照。雀婦只知三從四德，雀兒覇佔他人住屋，雀婦勸說不聽，僅能強爲歡樂。待聞雀兒被杖，雀婦的表現，眞令人擧淚：

婦聞雀兒被杖，不覺精神沮喪，但知捶胸拍臆，發頭憶想阿莽，兩步並作一步走，走向獄中看去。……旣見雀兒困頓，眼中淚下如雨……

雀婦雖然心中十分痛楚，但是想想是雀兒咎由自取，也無可奈何：

當時髒髒勸諫，拗捩不相用語。無事破囉啾唧，果見論官理府，更被枷禁不休，於身有阿沒好處，乃是自招禍祟，不得怨他竈祖。

鳳凰是審理鷰雀二人奪宅糾紛的主要角色。當鷰子下牒至鳳凰處，鳳凰卽立差使鴿鷂往捉，足見鳳凰是善恤良民的好王啊。但面對罪犯雀兒，鳳凰卻是十分嚴厲的：

者賊無賴，眼腦蠹害，何由可耐。胥是捉我支配；捋出脊背，拔出左腿，揭却腦蓋。

無怪雀兒被嚇得膽碎，口稱死罪！鳳凰雖責杖五百於雀兒，但見雀兒終有悔悟之心，收回上柱國勳，便將他釋放了。由於鳳凰公正無私的作法，贏得了鷰子的喝采，同時也令雀兒折服。

鴝鵒是鳳凰的專差，他是盡忠職守的官員，所以遇到緊急的事件，鳳凰便毫不猶豫的派遣他去。鴝鵒奉命之後是：

不敢久停。半走半驟，疾如奔星。

像他這樣忠心的人，如何會被惡人賄賂的了呢？由鴝鵒所說：

苟徒過時，飯食朗道，我亦不飢，火急須去，恐王怪遲。

雖說語氣顯得急燥，但這正是鴝鵒忠心耿耿的寫實。

鳳凰的另一個手下，就是雀兒千祈萬求，也無法令他爲雀兒脫枷的獄子。中國自古爲人謀事須忠實的道理，卻在小小的獄子言詞中表露出來，他說：

我且忝為主吏，豈受資賄相遮，萬一入王耳目，碎卽恰似油麻，乍可從君懊惱，不得遣我脫枷。

鴻鶴是篇末另一風波的掀起人，原本鷰子雀兒已棄前嫌，二人和睦修好，鴻鶴卻在此時出現，數責二人一頓。或許鴻鶴是善意的，但此事既已如此，無怪鴻鶴被稱爲多事者。由鴻鶴好管閒事，遇到他人反譏，他仍不停止的興詩表志，這種舉動，可眞將他喋喋不休的神態表露無遺。

由於各種脚色，都充分表現了他們應有的個性，使得全篇情節流暢，寓意顯明，眞理在毫無陰翳阻礙的情況下，讓兒童心中有明確的喜惡對象和是非觀念。

由於此篇寓言作品，是由童話的方式寫出來的，所以把「動物」擬人化⓯，使他們成爲賦中的主角，他們能說能做，一舉一動都是個活生生的人。這種擬人格的寫法，確實是兒童文學的一大特色⓰。

㈢動物擬人化的成功

動物所以在兒童文學中大爲活躍，一方面是兒童對動物感到親切，就如法國兒童文學家路奈·基約（Ren'e Guillot, 1900—1969）所說：「孩子們進入動物的世界，比進入成人的世界更覺心安」。另一方面，由於人類早期所過的原始生活，是與動物爲伍的，所以早期作品大都離不開動物⓱。我國是文化發達最早的國家，也是創作寓言最多的國家之一。早在戰國時代，莊子、韓非子、呂氏春秋、淮南子、戰國策……等，都有豐富的寓言作品，「鷰子賦」便是承傳了這種風格而寫成的動物寓言作品，充分的表現他豐富的想像。本師葉詠琍先生曾據美國兒童文學作家懷特（E. B. White）一篇描寫小豬與蜘蛛間動人友誼爲主的童話——卻瑞德的網（Charlott's Web），分析他對兒童們所激起的影響，證明擬人化的動物寓言，在兒童心靈上所具有感染力是多麼的強烈⓲。

當然一篇寓言作品的成功，除了上述三點外，還有一重要觀點，那就是一切的描述都必須是符合人性的，也只有如此，才能得到人們的注意，孩子的關心。

鷰子賦，嚴格的說起來，它的功用與目的是諷刺當時的社會狀態，但是由於作者在寫作上，運用了豐富的想像，完成了超現實的童話式寓言，所以對兒童也產生了人生指導與教訓的作用。就如伊索寓言一樣，它原只是說給希臘國王聽的，但童話式的寫作，使它受到孩子們的喜愛，成爲動物文學的開創著。是知「鷰子賦」在兒童文學上是相當成功的一篇作品。

第二節 茶酒論⑲

茶酒論，在敦煌變文集中收有一篇，此論現存六個寫本，王重民先生以伯二七一八爲原卷，參校伯二八七五、二九七三、三九一〇及斯四〇六、五七七四等號卷子。

此論的作者，據本篇首題可知是「鄉貢進士王敷撰」，但其生平事跡不詳，無法論定撰寫年代，但可據篇末題記推論：

開寶三年壬申歲正月十四日知術院弟子閻海真自手書記。

開寶是宋太宗的年號，開寶三年是庚午年，開寶五年才是壬申年，若以壬申年爲正確的話，也就是西元的九七二年。由此可知茶酒論最慢在五代末已經完成了。

若要找茶酒論源起的背景，當自「辯論」著手，「辯論」的來源相當的早，在戰國之時便有所謂的辯士，諸子以善辯著稱的很多，其中尤以孟子爲最，他說：「余豈好辯哉，余不得已也」，辯論的風氣就此蔓衍了下來。到魏晉之際，由於社會的動盪，使得部分尙逃避現實的學人，走向清談之道，辯論由是更趨於激烈，茶酒論便是承繼這一流風而寫成的，由於它是一部民間的作品，所以沒有學術上的論戰氣氛，而偏向趣味性的爭論。

細觀茶酒論與鷰子賦的寫作形式並無貳致，同樣是四六行文，偶有工整對句，押韻的情況，多半是隔句韻，但也有兩句一韻，多次換韻的情形，比較起來是較鷰子賦嚴謹些。但反過來說，以民間俗文學與兒童文學的立場看，則不如鷰子賦的技巧高超。

茶酒論的內容，是描述茶與酒如何爭論自己的貢獻與偉大，二者首先說出自個的優點，茶先介紹自己說：「百草之首，萬木之花，貴之取蘂，重之摘芽，呼之茗草，號之作茶。」接著含蓄的說明所處的地位：「貢五侯宅，奉帝王家，時新獻入，一世榮華。自然尊貴，何用論誇！」

酒的態度可不似茶那麼的溫和，他一開口指責茶的言論為「可笑詞說」，更斷然的論定「自古至今，茶賤酒貴」，酒勢可謂洶洶，但也因此令茶改變態度與酒論戰。

此後二者一往一來的作彰己抑人的口辯。兩個正爭得面紅耳赤之時，卻不知水在旁邊。水看到如此激烈的辯論，便責備他們「阿你兩箇，何用忿忿？阿誰許你，各擬論功！言詞相毀，道西說東。」水為了要讓他們兩個服氣，自然要數數自己的功勞，來壓壓他們的傲氣：

人生四大，地水火風，茶不得水，作何相貌？酒不得水，作甚形容？米麴乾喫，損人腸䏶（胃），茶片乾喫，只糲破喉嚨。萬物須水，五穀之宗，上應乾象，下順吉凶。江河淮濟，有我即通；亦能漂蕩天地，亦能涸煞魚龍。堯時九年災跡，只緣我在其中，感得天下欽奉，萬姓依從。由自不說能聖，兩個何用爭功？

聽水如此一說，茶酒當不敢再有意見，於是水口氣一轉，說道：「從今已後，切須和同，酒店發富，茶坊不窮。長為兄弟，須得始終。」得水之功，這場不愉快的論辯圓滿結束了。

此篇寫作的目的，作者在篇末指出是「若人讀之一本，永世不害酒顛茶風」，一方面在對論中，說明了茶酒的優失之處，人們當有所警戒，另外，對人世間的論辯以茶酒來寓意，希望能如水之所言，做到一團和氣。由於作者不直接的教訓，而以隱寓的手法表現出來，在兒童教育上有相當的價值。

茶酒論，雖然只有茶、酒和水三個角色，但卻由於作者逼眞的刻劃，口語的運用，使全篇看來，非常的生動精采，同時這種擬人化的作品，在兒童文學上是與鷰子賦同樣吸引孩子的。但是茶酒論不像鷰子賦情節曲折多變化，而多是語詞對論的狀態，但是由於孩子們天性活潑，比較喜歡有活動的情節，同時，兒童的心靈純善，並不太容易接受針鋒相對的言詞，所以比較起來茶酒論是遜色些。

總觀敦煌這兩篇童話寓言，不論是描寫技巧、內容情節、作者寓意，以兒童文學觀點來看，都可稱得上是成功的作品，作品本身充滿了「幻想」，更是它的一大特色。因爲每個發展正常的兒童，當他們到四五歲的時候，他們的幻想也跟著年齡而自由展開了，但是與成人的想像絕不相同，蕭恩承先生在兒童心理學中說明兒童的想像：

> 兒童時期中，所揣想之範圍特大，惟其所意會者，為具體的實物的，故兒童之思想多以物為代。⑳

由於幼童把世界幻化了，將「人」與「物」共同看待，而這兩篇作品以物類擬人化寫成，能夠使兒童心靈保持純潔美好，使他們有蓬勃的生命力，智慧也能夠自由展開。不可否認的，這兩篇作品培養了兒童的幻想力，而這種幻想力也就是未來人生創造力的基礎。本師葉詠琍先生「兒童文學的瑰寶——幻想」一文中，說明幻想文學的重要及功用：

> 這一類的書，在兒童文學中，通稱之為幻想文學（fantasy），是兒童文學中很重要

一種章法，一方面，借重了孩子天賦的、豐富的想像能力，用故事的形式，賦以教育的意義，而達到積極地教化的功效，另方面，也要靠了有才華的作家，創作出這類好的作品，來開拓孩子思慮的疆域，以為他將來走進社會，面對真正的人生的準備。㉑眞如葉師所說，這些瑰寶，是兒童在成長的路途之中，令他益趨茁壯，超越的滋補品，吸取的越多，他的發展就越無可限量。由於敦煌童話寓言具備了這個特色，就愈顯得它的重要與可貴了。

陳正治先生更在童話名著的特色一文中指出，一篇童話若要能流傳久遠，不爲時代淘汰，必須與時代性的知識融和在一起，他以哈地·格蘭馬奇所寫的「拖船小嘟嘟」爲例子，闡明這個道理說：

> 主要原因是「拖船小嘟嘟」除了有個美好的故事外，它還告訴了小朋友，輪船的進港或失事的拖拉，需要有力氣的拖船來幫忙，將美好的故事和富有時代性的知識融和在一起，是使這一篇童話成為傳世名著的原因。

同樣地，茶酒論一篇讀後，能令讀者由精采的論辯中，對茶酒的由來、功用、影響等產生具體的認識，是一篇有知識性價值的作品。另外在鷰子賦中，充分的說明公理不畏強權，正義終得伸張的亙古眞理，更顯得珍貴。所以，不可否認的，這兩篇都是足以傳世的童話寓言名著。

註釋

❶ 詳見鄭蕤，談兒童文學，頁四四。

❷ 參見傅林統、兒童文學的認識與鑑賞，頁二〇九。

❸ 參看許義宗、兒童文學論，頁六一。

❹ 詳見葛琳編著師專、兒童文學研究上，頁一六九。

❺ 參見葛琳、兒童文學——創作與欣賞，頁二二五。

❻ 鷰子賦所有文字均依敦煌變文集逸錄，若王重民先生有校誤處，則依潘師重規校稿訂正。

❼ 見文致出版社、兒童文學，頁四。

❽ 詳見容肇祖、燉煌本韓朋賦考，頁六四八。

❾ 上柱國之名，紀於戰國。楚制，凡破軍殺將的，皆拜上柱國，位極尊寵，此後歷代無聞。後周建德四年，增置上柱國大將軍，隋置上柱國及柱國，以酬勳勞，並無散官，也不理事。唐以後為勳官。十有二轉為上柱國比正二品，十一轉為柱國比從二品，是上柱國本勳官之極品。

❿ 見唐會要卷八十四，並參見中國文化學院編著中國通史，頁二二五。

⓫ 見舊唐書卷一八五賈敦頤傳。

⓬ 見舊唐書卷一〇〇盧從愿傳。

⓭ 見唐會要卷八五天寶八載正月勅。

⓮ 見唐會要卷八五，世界，頁一五六〇。

⓯ 詳見葛琳編著師專，兒童文學研究上，頁一七〇。

⓰ 詳見鄭蕤、談兒童文學，頁四七。

⓱ 詳見傅林統、兒童文學的認識與鑑賞，頁二一一。路奈・基約是法國兒童文學家，寫過五十多本兒童文學書，尤其成功的是"The White Shadow"(1948)", Riders of the Wind"(1953)，他在一九六四年獲得Andersen Prize。參英國百科全書Macropaedia卷四，頁二四一。

⓲ 詳見本師葉詠琍女士、兒童文學。載於幼獅文藝四月號頁十二。懷特是美國兒童文學作家，作品有"Charlotte's Web"(1952),"Stuart Little"(1945)。

⑲ 茶酒論所有文字，均依王重民敦煌變文集迻錄。

⑳ 見蕭恩承、兒童心理學，頁九〇。

㉑ 見葉師詠琍、兒童文學的瑰寶—幻想一文，載於創新周刊第二三一期，頁七。

第七章　敦煌傳說故事
——孔子項託相問書

傳說（legends），是指有時代、地方和主角的浪漫故事。在這三個基本條件中，可以有一種或兩種條件是不清楚的。也就是說，故事中的人物和事件一半有歷史的根據，但另一半可爲空想虛構的；或者這個故事只在傳述、傳說的地方被信爲史實，而從客觀方面看，則全是虛無之談的❶。至於「故事」一詞，我國人一向看作「典故」或「古人的事跡」，如史記司馬遷自序說：「余所述故事，整齊其世傳，非所謂作也。」他認爲故事不是「作」的，但可以「述」，可見故事就是根據「古人的事跡」傳述而來的❷，所以像這樣一篇故事，若是又具備傳說的性質，我們便可以稱它爲傳說故事。

在敦煌遺書中，「孔子項託相問書」是一篇非常引人注意的作品，它記載歷史上孔子與項託兩位古人互相問難的事情，由於其中的情節並非史實，所以符合傳說故事的條件，像這一類作品本來就容易激起兒童的興趣，加上又是以小兒爲主要角色，所衍述出來的故事，更能得到兒童們的喜愛，可稱得上是一篇精彩的兒童文學傑作。

「孔子項託相問書」共計十一個卷子，藏於倫敦的有編號斯三九五、一三九二、二九四一、五五二九、五五三〇、五六七四等六個卷子，另外巴黎藏有編號三二五五、三七五四、三八二六、三八三三、三八八二等五個卷子，在敦煌俗文學中，這是一篇傳本最多，流傳也最廣的故事了。至於此書的著作時代，據斯三九五末題載：

天福八年癸卯歲十一月十日淨土寺學郎張延保記。

「天福」是後晉高祖的年號，天福八年，相當於西元九四三年。由於這篇卷子是張延保記於五代的，我們可以據此推知此書應當是唐代的作品。今依故事由來、形式內容等分述於后。

壹　故事探源

孔子是儒家的宗祖，爲中國的師聖，但在孔子項託相問書中，卻爲一個小孩子難倒，實在是件令人耳目一新的事。在正史上提及七歲小孩而爲聖人孔子師的記載，最早見於戰國策秦策文信侯欲攻趙章：

文信侯欲攻趙……請張唐相燕，欲與燕共伐趙，以廣河間之地。張唐辭曰：「燕者必徑於趙，趙人得唐者，受百里之地。」文言侯去而不快。少庶子甘羅曰：「君侯何不快甚？文信侯曰：「吾令剛成君蔡澤事燕三年，而燕太子已入質矣。今吾自請張卿相燕，而不肯行。」甘羅曰：「臣行之！」文信侯叱去曰：「我自行之而不肯，汝安能行之也？」甘羅曰：「夫項槖生七歲而為孔子師；今臣生十二歲於茲矣！君其試臣，奚以遽言叱也？」

另外在史記甘茂列傳中所附甘羅傳中，有相同的記載，同時也提到項橐是：

夫項槖生七歲為孔子師。

司馬貞索隱中，曾解釋「橐」與「託」之間的關係：

槖音託，尊其道，故云項槖。

可知在孔子項託相問書中的項託，也應就是歷史上譽爲古神童的項橐。另外在淮南子脩務訓，可以看出孔子以師禮事七歲的項託，並聽從他的話：

> 夫項託七歲為孔子師，孔子有以聽其言也。

由上述的史料記載，我們可以確知，在秦漢之前，有一個與孔子同時的小孩項託，孔子以他爲師。

至於項託如何問難孔子呢？就未見於漢代以前的典籍中，只在列子湯問篇中，可以見到孔子與兩小兒問難的事情，但是並沒有說是項橐：

> 孔子東游，見兩小兒辯鬬，問其故。一兒曰：「我以日始出時去人近，而日中時遠也。初出遠，而日中時近也」。一兒曰：「日初出大如車蓋，及日中則如盤盂，此不為遠者小而近者大乎？」一兒曰：「日初出滄滄涼涼，及其日中，如探湯，此不為近者熱而遠者涼乎？」孔子不能決也。兩小兒笑曰：「孰為汝多知乎！」

直到最近的敦煌變文裏，才開始有這篇孔子項託問難有趣的傳說故事。

由於敦煌孔子項託相問的故事內容並無史料可循，必然是經過後人添加而成，潘師重規推測它演變的過程說：

> 敦煌孔子項託相問書的故事，可能是講故事的人，據史料上的記載，配合著孔子無常師，並虛心學習的個性，所敷衍編寫而成的。其中的內容，必定是經過逐步的演變。

潘師據理以推的說法，正確的說明了二人所以問難的由來。

至於孔子與項託問難，何以故事中描述夫子表現的是下下不如小兒？又爲何夫子在口辯不勝之餘，卻激起殺掉項託之心呢？這篇故事非但對孔夫子提出攻擊，同時也令崇仰孔子的我們，不得不去探求它的原委。

孔子雖然聖賢，但不是能夠令全天下人折服的，在論語中，就可以看出夫子是受到抨擊的，子貢在子張篇爲夫子辯白，便是個明證：

子貢曰：「無以爲也，仲尼不可毀也。他人之賢者，丘陵也，猶可踰也。仲尼，日月也，無得而踰焉。人雖欲自絕，其何傷於日月乎？多見其不知量也。」

另外在子罕篇也有對孔子不滿的記載：

達巷黨人曰：「大哉孔子！博學而無所成名。」子聞之，謂弟子曰：「吾何執？執御乎？執射乎？吾執御也。」

「博學而無所成名」，便是對孔子的學問起了懷疑。而在禮記曾子問中，由孔子與老聃談論中，顯示孔子對日食的知識不夠。可見孔子在當時，並不是一位無所不知的博學者，有時難免會受到批評的。

至於孔子的品德，也曾遭到人們的批評，其中尤以莊子盜跖篇的批評最激烈，如盜跖說：

今子修文武之道，掌天下之辯，以教後也，縫衣淺帶，矯言僞行，以迷惑天下之主，而欲求富貴焉，盜莫大於子。

試想，若像盜跖這樣的人，尚且視孔子爲世上最大的盜賊，那麼孔子的人格在當世，能不爲人所議論嗎？另外，書中又借著滿苟得的口，指責他言行相背：

滿苟得曰：「小盜者拘，大盜者爲諸侯，諸侯之門，仁義存焉。昔者桓公小白殺兄入嫂而管仲爲臣，田成子常殺君竊國而孔子受幣。論則賤之，行則下之，則是言行之情悖戰於胸中也，不亦拂也！故書曰：『孰惡孰美？成者爲首，不成者爲尾。』」

若眞如書上記載，田成子常是個殺君簒位的人，而聖人孔子還接受他的幣帛，人們必然會有微詞。當然這種並非正史所載，同時莊子除內七篇外，又有僞作的可能性，故此事不足爲憑，但有人對孔子不滿，是無疑的。

到了漢代，武帝獨尊儒術，世人對儒學宗師孔子的指責，慢慢的減退了。但是在道、釋極盛的唐代，孔子的地位急遽跌落，成爲世人詆毀戲弄的對象，如唐書文帝本紀載：

> 太和六年，……己丑寒食節，上宴群臣於麟德殿，是日雜戲人弄孔子。

孔子此刻雖然成了人們逗趣的材料，但也尙未涉及人身攻擊，待孔子項託相問書出，對孔子來說，是遭到最强烈的惡意性攻擊。

由典籍資料來看，孔子以項託爲師，是誠意、虛心的表現，所以在敦煌變文中，出現孔子有心殺項託的書，必定是虛構的。潘師重規指出，此事或許和「孔子殺少正卯」一事有關。少正卯是春秋魯國大夫，當孔子在定公十四年，由大司寇行攝相事時，少正卯亂政，孔子殺了他❸。孔子殺他的理由，據孔子家語始誅篇說是：

> 天下有大惡五，而盜竊不與焉，一曰、心逆而險，二曰、行僻而堅，三曰、言僞而辯；四曰、記醜而博，五曰、順非而澤，此五者有一於人，則不免君子之誅，而少正卯皆兼有之。

但這件事，極可能引起佛教徒編寫詆毀孔子故事的動機，所以孔子在故事後段中，被描述的極不合理，簡直毫無人性可言。

孔子至宋以後，極受到人們的尊崇，所以明代的小兒論一書❹，雖然是據孔子項託相問書改編，但是後段「孔子有心煞項託」一事，已經完全刪除。另外，民國出版的新編小兒難孔子，也是刪去後半截，只存相問故事。

貳　形式與內容

孔子項託相問書，全篇的寫作形式，可以分作兩大部分：

㈠從首句「昔者夫子東遊」至「夫子嘆曰：『善哉！善哉！方知後生實可畏也。』」

在此前半段多是四六行文，採一問一答的方式寫成，偶有押韻的情形，如：

> 戲而無功，衣破裏空。相隨擲石，不（如）歸春。

其中功、空押的是上平聲一東韻，春是上平聲二冬韻，古東、冬通押。又如：

> 戶前生葦，床上生蒲，犬吠其主，婦坐使姑，雞化為雉，狗化為狐，是何也？

其中蒲、姑、孤押的是上平聲七虞韻。又如：

> 鵝鴨能浮者緣腳足方，鴻鶴能鳴者緣咽項長，松柏冬夏常青（者）緣心中强。

其中方、長、强押的是下平聲七陽韻。

㈡從「夫子共項託對答，下下不如項託；夫子有心煞項託，乃爲詩曰」，以下是七言古體詩形式寫成，然多不合格律，整首詩是兩句一韻的情形，押的是下平聲七陽韻（光、張、强、孃、方、忘、羊、光、强、方、章、常、方、長、堂、剛、行、傷、汪、孃、强、傍、蒼、王、霜、亡、堂），只有草字出韻，押的是上聲十九皓。

這篇故事的內容，主要是描寫孔子、項託二人互相問難的狀況，以及事後所發生的種種情節。

首先描寫夫子與項託的相遇，由於項託不與身旁的兩小兒嬉戲，引起夫子的注意，問他為何不玩耍呢？項託脫口便說：

> 大戲相煞，小戲相傷，戲而無功，衣破裏空。相隨擲石，不如歸舂。上至父母，下及兄弟，只欲不報，恐受無禮。善思此事，是以不戲，何謂怪乎？

從項託小大人的口氣中，不難看出他是個受到禮教約束極深的小孩，一開口便是人倫大道理。

像項託這樣的小兒，遇到聖人孔夫子，自然也想主動得到夫子的注意，所以他擁土作城，故意不讓孔子坐車通過，沒想到孔子要他避車輛，他卻說：

> 昔聞聖人有言：上知天文，下知地里（理），中知人情，從昔至今，只聞車避城，豈聞城避車？

小兒如此一語，令孔子不得不避城行車，同時情不自禁的想認識這個聰明的小孩。

當夫子駐足贊美項託「汝年雖少，知事甚大」時，不料小兒並不接受夫子的稱贊，並誇口的說，只是天生自然而已：

> 吾聞魚生三日，遊於江海，兎生三日，盤地三畝；馬生三日，趂（趁）及其母；人生三月，知識父母。天生自然，何言大小！

小兒這種自視秉賦甚高的態度，無怪會引發孔子想考驗他的動機，於是問他「何山無石？何水無魚？……」的困難問題，但機智的小兒，一一給予圓滿的答覆。孔子一聽心中甚感歡喜，便邀請小兒共遊天下，但小兒卻又搬出了人倫的大道理，回絕了孔子：

> 吾不遊也。吾有嚴父，當須侍之；吾有慈母，當須養之；吾有長兄，當須順之；吾有小弟，當須敎之。所以不得隨君去也。

孔子受到拒絕，但卻感到這個小孩，非常的特殊，所以也想拉攏小兒的心，博得他的好感，於是邀請小兒上車玩賭博的遊戲，小兒非但嚴厲拒絕孔子，更一一列舉出喜好賭博的禍害：

天子好博，風雨無期；諸侯好博，國事不治；吏人好博，文案稽遲；農人好博，耕種失時；學生好博，忘讀書詩；小兒好博，笞撻及之。此是無益之事，何用學之。

小兒似乎有責備孔子的意思，孔子發覺氣氛不對，只好轉移目標，和他談談如何平治天下的道理。但小兒此刻卻以爲天下不可平：

平却高山，獸無所依；塞卻江海，魚無所歸；除却公卿，人作是非；弃卻奴婢，君子使誰？

孔子既然不得小兒的好感，索性再提個問題爲難小兒，誰知小兒的智慧不是孔子的機智所能問倒的，孔子便換個方向問問人倫：「汝知夫妻是親，父母是親？」小兒認爲父母是親，孔子卻强說夫妻是親，所謂「生同床枕，死同棺槨，恩愛極重，豈不親乎？」但是孔子的說辭，令小兒非常的不滿：

是何言與！是何言與！人之有母，如樹有根；人之有婦，如車有輪。車破更造，必得其新；婦死更娶，必得賢家。一樹死，百樹枯；一母死，衆子孤，將婦比母，豈不逆乎？

項託說完此話，但怒意猶未平定，轉而問難孔子說：

鵝鴨何以能浮？鴻鶴何以能鳴？松柏何以冬夏常青？

小兒所提出的問題，似乎很平常，孔子也毫不猶豫的隨意解釋：鵝鴨能浮，因爲脚足是方的；鴻鶴所以能鳴，因爲咽項長；松柏能冬夏常青，因爲他的中心很堅强。但針對孔子的解釋，小兒卻提出反證說：

蝦蟆能鳴，豈猶咽項長？龜鼈能浮，豈猶腳足方？胡竹冬夏常青，豈猶心中強？

小兒雖然沒有說明問題的正確答案，但是這些反證就足以使孔子啞然的了。孔子只好顧左右而言他，提出一些不著邊際的問題問小兒：

汝知天高幾許？地厚幾丈？天有幾樑？地有幾柱？風從何來？雨從何起？霜出何邊？露出何處？

小兒輕鬆不以爲難的回答夫子說：

天地相刦萬萬九千九百九十九里，其地厚薄，以天等同，風出蒼吾（梧），雨出高處，霜出於天，露出百草。天亦無樑，地亦無柱，以四方雲而乃相扶，故與為柱，有何怪乎？

當然小兒之說，並不是絕對的正確。但是孔子也沒有提出辯駁，只能感嘆的說：「善哉！善哉！方知後生實可畏也。」眞是令孔子有「焉知來者之不如今」的感受。

故事描述到這裏，孔子的表現雖然是大大不如一個七歲小兒項託，但在對話中所表現的內容情節，卻是活潑暢快的。可是到此寫作模式一換，故事內容一轉折，全篇變得陰慘昏暗，不忍卒睹。

故事是這樣發展的，當孔子在口辯中，無法勝過這個小兒項託時，夫子起了忌妒之心，準備謀害項託。當然，像他這樣機智的小兒，必然也知道夫子想加害他，所以在他入山求學啓稟父母時，一再懇請父母小心，不要接受他人寄放物品，但是項託父母年老容易忘事，接受了夫子託寄的兩車草。由於夫子一去一年多，都沒有回來取物，所以項託父母，將車上百束草取來用了。等到夫子回來索草的時候，項託父母不知所措，夫子這時便現出凶惡的模樣，以每束黃金三錠的價錢，要求賠償。當然孔子如此做，只不過是一種查出項託去處的手段而已。所以他可以「金錢銀錢總不用」，只問「婆婆項託在何方？」項託父母迫於無奈，只好說出他兒子正在「百尺樹下學文章」，夫子目的達到，於是「心中歡喜倍勝常」。

夫子一直處心積慮地要害項託，所以一旦知道項託的去處，卽刻乘馬入山尋找，但是山中沒有百尺樹，只見一樹葛蔓長至根部，夫子心想，百尺樹下必定就是這個地方了，於是拿起鍬子開始往下挖，結果發現了地下石室，在一重門裏有石獅子，兩重門有石金剛，到了中門，側耳一聽，有朗朗的讀書聲。夫子算計，項託必定在裏面，於是拔起刀子衝向裏面亂砍，但是項託並沒有受到傷害，他變成不講話的石人，孔子心中大怒，拿起鐵刀割截石人，於是項託受傷血流不止，只賸下一口氣，遙向家中母親說：「將兒赤血㳅盛著，擎向家中七日强。」但項託母親不忍心看到自己兒子的血，便倒在糞堆旁邊，不料一兩天就生出竹子，三四天就長得很蒼盛了，竹竿有百尺那麼長，它的枝節就像神王的兵馬，個個弓刀器械在身，腰間寶劍白如霜，由於孔子殺了項託，見到此一現象，心中十分惶恐，爲了祈求心安，於是在州縣替項託蓋置了一座廟堂，結束了孔子與項託的一段恩怨。

叁　評　論

孔子項託相問書，不但是個傳說，同時，也具備歌謠的本色，如變文中的兩段對口問答：

……夫子問小兒曰：「汝知何山無石？何水無魚？何門無關？何車無輪？何牛無犢？

何馬無駒？何刀無環？何火無煙？何人無婦？何女無夫？何日不足？何日有餘？何雄無雌？何樹無枝？何城無使？何人無字？」小兒答曰：「土山無石，井水無魚。空門無關？轝車無輪。涅牛無犢。木馬無駒。斫刀無環。螢火無烟。仙人無婦。玉女無夫。冬日不足。夏日有餘。孤雄無雌。枯樹無枝。空城無使。小兒無字。……小兒却問夫子曰：「鵝鴨何以能浮？鴻鶴何以能鳴？松柏何以冬夏常青？」夫子對曰：「鵝鴨能浮者緣脚足方，鴻鶴能鳴者緣咽項長，松柏冬夏常青者緣心中強。」小兒答曰：「不然也！蝦蟆能鳴，豈猶咽項長？龜鼈能浮，豈猶脚足方？胡竹冬夏長青，豈猶心中強？」夫子問小兒曰：「汝知天高幾許？地厚幾丈？天有幾樑？地有幾柱？風從何來？雨從何起？霜出何邊？露出何處？」小兒答曰：「天地相却萬萬九千九百九十九里，其地厚薄，以天等同。風出蒼吾，雨出高處，霜出於天，露出百草。天亦無樑，地亦無柱，以四方雲而乃相扶，故與為柱，有何怪乎？」

這正是兒歌以及山歌中對口歌的情致❺。目前台灣流行的唱本「孔子項橐論歌」❻「孔子小兒答歌」❼，都是順著歌謠的情致發展而來的。

一篇引人入勝的作品，文學的趣味性是不能缺少的，尤其是對兒童文學來說，有更迫切的需求。在孔子項託相問書中，二人問對的內容，充滿了趣味，到了民國新編小兒難孔子書出，更是擴大宣染了其中的趣味性，如：

……孔子曰：「你知天地之紀綱？陰陽之致中？何左何右，或表或裏？風從何起？雲從何生？天地相去幾萬里？」小兒答曰：「九九八十一，乃天地之紀綱。八九七十二，陰陽之致。山東為左，山西為右。山外為表，山內為裏。風從地起，雲從山生。天地相去萬萬餘里。」孔子曰：「我與你平卻山河，意下何如？」小兒答曰：「山河不可平。平卻無高低。平却高山，獸無所依；填却江湖，魚無所歸；除却王侯，人多事非；除卻小人，君子是誰？」孔子不言。小兒問聖人：「鵝鴨能以浮水為何？」孔子曰：「賴他有登水掌，逼水毛，因此浮之。」小兒又曰：「舟船無逼水毛，水上亦能浮之。」孔子不答。小兒又問曰：「松柏為何冬夏常青？」孔子曰：「賴他心實精脹飽滿，所以冬夏常青。」小兒又問曰：「竹竿心空，心又不實，冬夏也常青。」孔子不答。小兒又問曰：「公鷄因何能鳴？」孔子曰：「賴他頸長，因此能鳴。」小兒又曰：「蛤蟆頸短何亦鳴？」孔子不答。小兒又曰：「天上明明有多少星？」孔子曰：「吾與你眼前之身，何必論天地？」「就問你眉毛髮有多少數？」聖人無言可答。連忙下車來接。[8]

像這種輕鬆有趣的作品，對兒童來說簡直是一種不可抗拒的引誘。就如里利安·史密斯（Lillian H. Smith）女士[9]在她「兒童文學論」中說：

孩子們會穿過狹窄的門徑，踏入書本的世界裏去，是由於那兒有著豐富的樂趣。

一篇故事，不論他內容的虛實性，但其中的人物、事情，卻是必要的條件，林良在文學跟「故事」一文中，指出

兒童文學作品裏不能沒有「故事」，因為「文學的藝術」是把「思想」變成「感覺」，「感覺」要依附在「實體」上，所以兒童文學作品裏仍然要寫人，寫物，寫「事情」。[10]

雖然同是寫人物，寫事情，但孩子們需要的是具體、有個性的表現。在孔子項託相問書中，孔子、項託二人都是各具特質的人物，同時這篇故事是以小兒爲主角，自然容易讓兒童感到親切，再加上七歲項託的特殊表現，是每個孩子所仰慕，所渴求的，同時透過孔聖人下下不

如小兒的對話，可以讓孩子們得到自我肯定的信心，所以在兒童學的立場來看，這是一篇可以幫助兒童心智成長，並得到樂趣的作品，符合林良在尋找一個「故事」一文中⓫所說：「文學是『啓發』的，同時也是『遊戲』的。」原則。

當然，以上所論，並不包括「孔子有心煞項託」一事，因爲這對兒童來說無疑是一項很嚴重的打擊。由於兒童心性純善，充滿愛心，無法接受小兒項託受到殘害的事實，這不但影響孩子的情緒，甚至對整個人生的價值都會感到懷疑，而破壞原有的人生觀，原本是個活潑、開朗、向上的孩子，只因讀到這裏，就可使他們立刻轉變成一個沈悶、憂鬱、怯弱不敢向前的小孩。由於後半段悲慘故事，與兒童文學理論難以配合⓬，並不適合兒童閱讀，所以站在兒童文學立場，我個人很同意像小兒論、新編小兒難孔子的作者，刪除後段的傳說，保留書中的精華。

註釋

❶ 參閱松村武雄、童話與兒童研究，頁七八～七九。

❷ 參閱吳鼎、兒童文學研究，頁二五八。

❸ 史記孔子世家：「定公十四年，孔子年五十六，由大司寇行攝相事，有喜色。門人曰：「聞君子禍至不懼，福至不喜。」孔子曰：「有是言也。不曰『樂其以貴下人』乎？」於是誅魯大夫亂政者少正卯。

❹ 見明李廷機、考正丘宗孔增釋歷朝故事統宗卷九（萬曆二十三年周曰校刊本）。

❺ 見婁子匡、朱介凡，五十年來的俗文學，頁四〇—四一。

❻ 孔子項橐論歌這個唱本有四頁，篇末題王賢德作，民國二十六年七月，臺南州嘉義市西門町二丁

目四九番地，捷發書店發行。為閩南語的七言唱詞，所述事體，跟「新編小兒難孔子」是一樣的，惟字眼大大不同了。

❼ 孔子小兒答歌，民國四十四年九月，臺灣新竹竹林書局發行。

❽ 引自民國三十六年北平打磨廠賽文堂同記書舖本。

❾ 里利安，史密斯是加拿大兒童文學理論家，也是兒童圖書館專家，其所著「兒童文學論」為權威性之名著。

❿ 林良、淺語的藝術，頁一一二。

⓫ 同前，頁一一三。

⓬ 吳鼎在兒童文學研究中指出，兒童故事內容是要能夠灌輸知識、啓迪智慧、鼓舞志趣、激發同情的，而在形式特質方面要求是優美的、興趣的、活潑的、變化的、樂觀的、圓滿的。但孔子欲煞項託一事，完全與此原則相背。

附錄一　參考書目

(一)敦煌學類

倫敦博物館藏敦煌寫卷微卷　中國文化大學中國文學研究所藏
巴黎藏敦煌寫卷二五二四號古類書影本　文光出版社（藝文類聚附）
敦煌遺書總目索引　無名氏　成文出版社（書目類編）
敦煌古籍敍錄　王重民　國泰文化事業有限公司
敦煌變文集　王重民等　世界書局
敦煌學概要　蘇瑩輝　學生書局
六十年來敦煌寫本之研究　蘇瑩輝　正中書局
敦煌資料考屑　陳祚龍　商務印書館
關於藏經洞的幾個問題　石璋如　大陸雜誌特刊二集
從敦煌遺書看佛教提倡孝道　潘重規　華岡文科學報十二期
敦煌變文新論　潘重規　幼獅月刊四十九卷一期
燉煌本韓朋賦考　容肇祖　中研院史語所慶祝蔡元培六五誕辰專刊

敦煌寫卷藁子賦成立的時代　羅宗濤　書目季刊九卷三期
古賢集校註　陳慶浩　敦煌學三輯

(二)兒童文學類

兒童文學研究　吳鼎　遠流出版社
兒童文學研究　葛琳主編　中華電視出版社印行
兒童文學——創作與欣賞　葛琳　康橋出版社
淺語的藝術　林良　國語日報出版部
兒童文學　林守為　自印本
談兒童文學　鄭蕤　光啓出版社
兒童文學論　許義宗　自印本
西洋兒童文學史　許義宗　臺北市立女子師範專科學校（教學研究叢書之八）
兒童文學的認識與鑑賞　傅統林　作文出版社
兒童文學　文致出版社編輯部編　文致出版社
童話與兒童研究　（日）松村武雄　新文豐出版社
兒童學概論　凌冰　商務印書館
兒童心理學　蕭恩承　商務印書館
兒童心理學　黃翼　正中書局

發展心理學　譚維漢　商務印書館
教育心理學　孫邦正鄒季婉合著　商務印書館
學前教育　高長明等　中華文化出版事業委員會出版
研究兒童文學與材料的搜集　吳　鼎　中國語文十八卷四期
中國兒童文學研究途徑導論　吳　鼎　中國語文十八卷四期
優良兒童讀物的特質及其發展　吳　鼎　臺灣教育輔導月刊十二卷四期
兒童文學發展之路　馬景賢　兒童文學周刊一一一期
兒童讀物的特質和理想　梁容若　中國語文十二卷五期
漫談兒童文學　謝冰瑩　中國語文八卷四期
國語日報兒童文學周刊發刊詞　林　良　兒童文學周刊一期
談兒童文學批評　林　良　兒童文學周刊二十五期
論兒童文學的藝術價值　林　良　小學生雜誌社（兒童讀物研究一輯）
兒童文學　葉詠琍　幼獅文藝四月號
兒童文學的瑰寶——幻想　葉詠琍　創新周刊二三一期
西洋兒童文學發展史　葉詠琍　中國文化大學出版部（時代叢刊二集——新綠）
兒童文學面面觀　曾信雄　兒童文學周刊三期
童話淺談　嚴友梅　中央日報五十三年四月四日副刊
推展兒童文學的途徑　林　桐　兒童文學周刊五期
兒童讀物的意義和重要　司　琦　小學生雜誌社（兒童讀物研究一輯）

我對兒童文學的看法　趙鈺愷　中國語文九卷五期
蒙特梭利的幼兒教育思想　蔡保田‧許惠欣合著　文化大學青少年兒童福利學刊創刊號
太公家教——我國的古典兒童讀物之三　蘇　樺　兒童文學周刊二七〇期
千字文種種　蘇　樺　兒童文學周刊二八一期
諷誦涵泳與語文教育　亦　耕　中央日報民國七十年二月十一日副刊
清末民初的兒童讀物　齊鐵恨　小學生雜誌社（兒童讀物研究一輯）
中國家庭倫理教育名著選讀初編　何福田　自印本

(三)經史子集類

周易注疏　王弼‧韓康伯注　孔穎達疏　藝文印書館（十三經注疏本）
周禮注疏　鄭　玄注　賈公彥疏　藝文印書館（十三經注疏本）
禮記注疏　鄭　玄注　孔穎達疏　藝文印書館（十三經注疏本）
左傳注疏　杜　預注　孔穎達疏　藝文印書館（十三經注疏本）
論語注疏　何　晏注　邢　昺疏　藝文印書館（十三經注疏本）
孝經注疏　唐玄宗注　邢　昺疏　藝文印書館（十三經注疏本）
爾雅注疏　郭　璞注　邢　昺疏　藝文印書館（十三經注疏本）
白虎通疏證　陳　立　漢京出版社（皇清經解續編本）
潛邱劄記　閻若璩　漢京出版社（皇清經解本）

日知錄　顧炎武　漢京出版社（皇清經解本）
十駕齋養新錄　錢大昕　漢京出版社（皇清經解本）
小學考　謝啓昆　藝文印書館
唐以前小學書之分類與考證　林明波　東吳大學叢書
說文解字注　許愼著　段玉裁注　藝文印書館
釋名　劉熙　商務印書館（四部叢刊本）
中國文字學　潘重規　東大圖書公司
廣韻　陳彭年等　藝文印書館
蒙求　李瀚　藝文印書館（畿輔叢書）
史記　司馬遷　藝文印書館（武英殿本）
漢書　班固　藝文印書館（武英殿本）
後漢書　范曄　藝文印書館（武英殿本）
三國志　陳壽　藝文印書館（武英殿本）
晉書　姚思廉　藝文印書館（武英殿本）
梁書　房玄齡　藝文印書館（武英殿本）
隋書　魏徵　藝文印書館（武英殿本）
舊唐書　劉昫　藝文印書館（武英殿本）
新唐書　歐陽修　宋祁　藝文印書館（武英殿本）
戰國策　劉向編　九思出版社

吳越春秋　趙　曄　商務印書館（四部叢刊本）
荊楚歲時記　宗　懍　藝文印書館（寶顏堂秘笈本）
唐會要　王　溥　世界書局
玉照新志　王明清　藝文印書館（學津討原本）
流沙墜簡　文華出版公司（羅雪堂先生全集本）
荀子集解　王先謙　藝文印書館
列子　中華書局（四部備要本）
淮南鴻烈集解　劉　安著　劉文典集解　商務印書館
說苑　劉　向　世界書局
論衡　王　充　中華書局（四部備要本）
晏子春秋　商務印書館（四部叢刊本）
琴操　蔡　邕　藝文印書館（平津館叢書）
孔子家語　王肅注　商務印書館（四部叢刊本）
人物志　劉　劭　商務印書館（四部叢刊本）
搜神記　干　寶　里仁出版社
博物志　張　華　商務印書館（說郛本）
西京雜記　葛　洪　商務印書館（四部叢刊本）
湘中記　羅　含　商務印書館（說郛本）
金樓子　梁元帝　商務印書館（說郛本）

續齊諧志　吳均　商務印書館（說郛本）
藝文類聚　歐陽詢等　文光出版社
法書要錄　張彥遠　藝文印書館（學津討原本）
雲谷雜記　張淏　商務印書館（說郛本）
能改齋漫錄　吳曾　商務印書館（說郛本）
學林　王觀國　藝文印書館（湖海樓叢書本）
輟耕錄　陶宗儀　藝文印書館（津逮秘書本）
歸田瑣記　梁章鉅　新興書局（筆記小說大觀本）
國故論衡　章炳麟　廣文書局
莊子集釋　郭慶藩　河洛圖書公司
中國哲學史　馮友蘭
昭明文選　蕭統　藝文印書館
文心雕龍註　劉勰著　范文瀾註　文光出版社
陶淵明全集　陶淵明　世界書局
欽定全唐文　董誥等　匯文書局
陸放翁全集　陸游　世界書局
苕溪漁隱叢話　胡仔　中華書局（四部備要本）
藝苑雌黃　嚴有翼　商務印書館
揅經室外集　阮元　商務印書館（四部叢刊本）

觀堂集林　王國維　河洛圖書出版社
現代中國文學史　錢基博　明倫出版社
吳康先生全集　吳　康　正中書局
文學概論　洪炎秋　華岡出版社
家訓文學的源流　周法高　大陸雜誌語文叢書一輯一册
中國文學概論　周億孚　盤庚出版社
五十年來的俗文學　婁子匡・朱介凡合著　正中書局
文學原論　王志忱　啓德出版社
中國文學史　葉慶炳　弘道文化事業有限公司
日本國現在書目（日）藤原佐世　成文出版社（古逸叢書本）
教育大辭書　唐　鉞等編　商務印書館

附錄二　鷰子賦 ❶

仲春二月，雙鷰翱翔，欲造宅舍，夫妻平章，東西步度，南北占詳，但避將軍太歲，自然得福無殃。取高頭之規，壘泥作窟，上攀樑使，藉草為床。安不慮危，不巢於翠暮（幕）；卜勝而處，遂託弘粱。鋪置纔了，蹔往坻塘；乃有黃雀，頭腦峻削，倚街傍巷，為強凌弱，覩鷰不在，入來皎（拔）掠。見他宅舍鮮淨，便即兀自占着。婦兒男女，共為歡樂，自誇樓羅。「得伊造作，耕田人打兎，蹠履人喫臛，古語分明，果然不錯。硬努拳頭，偏脫胳膊，鷰若入來，把棒撩脚。伊且單身獨手，嘍我阿莽薹折，更被唇口囁嚅，與你到頭尿却。」言語未定，鷰子即迴，踏地叫喚。雀兒出來，不問好惡，拔拳即差（搓），左推右聳，剜耳摑顋，兒捻拽脚，婦下口齱。鷰子被打，可笑屍骸，頭不能舉，眼不能開。夫妻相對，氣咽聲哀，「不曾觸犯豹尾，緣沒橫羅（罹）鳥災？」遂往鳳凰邊下，下牒分析。「鷰子單貧，造得一宅，乃被雀兒強奪，仍自更著恐嚇，云明敕括客，標入正格。阿你浦逃落藉，不曾見你膺王役，終遣官人棒脊，流向擔崖，象白。雲野鵲是我表丈人，鵓鳩是我家伯，州縣長官，瓜蘿親戚。是你下牒言我，共你到頭；並亦火急離我門前，少時終須喫摑。鷰子不分（忿），以理從索，遂被撮頭拖曳，捉衣撦擘，遼亂尊拳，交橫禿剔。父子數人，共相毆擊。鷰子被打，傷毛墮翮，起止不能，命垂朝夕。伏乞檢驗，見有青赤，不勝寃屈，請王科責。」鳳凰云：「鷰子下牒，辭理懇切，雀兒豪橫，不可稱說。終須兩家對面分雪，但知臧否，然可斷決。」專着（差）鴟鵂往捉。

鴟鵂奉命，不敢久停。半走半驟，疾如奔星，行至門外，良久立聽。正聞雀兒，窟裡語聲。雀兒云：「吾昨夜夢惡，今朝眼瞤，若不私鬥，尅被官嗔。比來徭役，徵已應頻。多是鷰子，下牒申論，約束男女，必莫開門。有人覓我，道向東村。」鴟鵂隔門遙喚：「阿你莫漫輒藏！向來聞你所說，急共出我平章。何爲奪他宅舍，仍更打他損傷，鳳凰令遣追捉，身作還自抵當，入孔亦不得脫，任你百種思量。」雀兒怕怖，悚懼恐惶；渾家大小，亦總驚忙。遂出跪拜鴟鵂，喚作大郎二郎：「使人遠來衝熱，且向窟裡逐涼。卒客無卒主人，蹔坐撩治家常。」鴟鵂惡發把腰卽扭曰：「者漢大痴，好不自知，恰見寬縱，苟徒過時。飯食浪道，我亦不飢。火急須去，恐王怪遲。」雀兒已愁，貴在淹流，遷延不去，望得脫頭。乾言強語，千祈萬求，「通融放到明日，還有些兒束羞（脩）鴟鵂惡發，把腰卽扭，雀兒煩惱，兩眉不皺。撩瞻擒去，須臾到州。

鳳凰遙見，問是阿誰，便卽低頭跪拜，口稱：「百姓雀兒，被鷰傍（謗）奪宅；昨日奉王帖追，匍匐奔走，不敢來遲。鷰子文牒，並是虛辭，眯目上下，請王對推。」鳳凰云：「者賊無賴，眼惱蠹害，何由可奈（耐）。胥是捉我支配，捋出脊背，拔却左腿，揭却惱（腦）蓋。」雀兒被嚇膽碎，口口惟稱死罪，請喚鷰子來對。

鷰子忽硉出頭，曲躬分疏。「雀兒奪宅，今見安居，所被傷損，亦不加諸，目驗取實，何得稱虛？」雀兒自隱欺負，面孔終是攢沅請乞設誓，口舌多端：「若實奪鷰子宅舍，卽願一代貧寒。朝逢鷹奪，暮逢癡竿，行卽着網，坐卽被彈，經營不進，居處不安，日埋一口，渾家不殘。」呪雖百種作了，鳳凰要自難湯（諹）。鷰子曰：「人急燒香，狗急驀牆，只如你釘瘡病癩，埋却你屍腔。總是轉關作呪，徒擬誑惑大王。」鳳凰大嗔，狀後卽判：「雀兒之罪，不得稱竿，推問根由，仍生拒捍。責情且決五百，枷項禁身推斷。」鷰子唱快，喜慰不已。「奪我宅舍，捉我巴毀，將作你吉達到頭，何期天還報你。如今及阿莽次第五下，乃是調子。」

于時鵰鴿在傍，乃是雀兒昆季，頗有急難之情，不離左右看侍。旣見鷰子唱快，便卽向前塡置：「家兄觸悞（忤）明公，下走實增厚愧，忉（叨）聞狐死兎悲。惡（物）傷其類；四海盡爲兄弟，何況更同臬（臭）味。今日自能論競，任他官府處理。死雀不就上彈，何須逐後罵詈。」

婦聞雀兒被杖，不覺精神咀（沮）喪，但知搥胸拍臆，發頭憶想。阿莽兩步並作一步，走向獄中看去。正見雀兒臥地，面色恰似坌土，脊上縫箇服子，髣髴亦高尺五。旣見雀兒困頓，眼中淚下如雨，口裡便灌小便，瘡上還貼故紙，當時髎髎勸諫，抝捩不相用語。無事破囉啾唧，果見論官理府，更被枷禁不休，於身有阿沒好處？乃是自招禍祟，不得怨他電祖。雀兒打硬，猶自落荒潒語。「男兒丈夫，事有錯誤，脊被揎破，更何怕懼。生不一迴，死不兩度。俗語云：寧値十狠九虎，莫逢痴兒一怒。如今會遭夜莾赤推。總是者黑廝兒作祖。吾今在獄，寧死不辱，汝可早去，喚取鸜鴒。他家頭尖，憑伊覓曲，咬囓勢要，教向鳳凰邊遮囑。但知免更吃杖，與他祁摩一束。」

雀兒被禁數日，求守獄子脫枷，獄子再三不肯。雀兒美語咀吸，「官不容針，私可容車」叩頭與脫，到晚衙不相苦。死相邀勒，送飯人來定有釵，獄子曰：「汝今未得清雪，所已留在黃沙。我且忝爲主吏，豈受資賄相遮，萬一入王耳目，碎卽恰似油麻。乍可從君懊惱，不得脫枷。」雀兒嘆曰：「古者三公厄於獄卒，吾乃今朝自見。惟須口中念佛，心中發願，若得官事解散，驗寫多心經一卷。」遂乃嗢喃本典，徒少問辯，曹司上下，說公白健。「今日之下，乞與些些方便，還有紙筆當直，莫言空手冷面。」本典曰：「你欲放鈍，爲當退頓，奪他宅舍，不解卑遜，却事兇驫，打他見困。你是王法罪人，鳳凰命我責問。明日早起過案，必是更着一頓，杖十以上關天，去死不過半寸。但辦脊背祇承，何用密箏相髎。」雀兒被嚇，更害氣咽，把得問頭，特地更悶。

問：「鸗子造舍，擬自存活，何得蠱蒙，輒敢強奪？」仰答：「但雀兒明明惱（腦）子，交被老烏趁急，走不擇險，逢孔即入，蹔投鸗舍，勉（免）被拘執。實緣避難，事有急疾，亦非強奪，願王體悉。

又問：「既稱避難，何得恐赫（嚇），仍更蹔打，使令墜翮，國有常刑，合答決一百。有何別理，以自明白？」仰答：「但雀兒只緣惱子避難，蹔時留連鸗舍。既見空閑，暫歇鮮卸。鸗子到來，即欲向前詞謝，不悉事由，望風惡罵。父子團頭，牽及上下，忿不思難，便即相打。鸗子既稱墜翮，雀兒亦跛跨，兩家損處，彼此相亞。若欲確論坐宅，請乞酬其宅價。今欲據法科繩，實即不敢咋呀。見有上柱國勳，請收贖罪價。」

又問：「奪宅恐嚇，罪不可容，既有高勳，先於何處立功？」仰答：「但雀兒去貞觀十九年，大將軍征討遼東，雀兒投募充傔，當時配入先鋒。身不騎馬，手不彎弓，口銜艾火，送着上風。高麗遂滅，因此立功，一例蒙上柱國，見有勳告數通。必其欲得磨勘，請檢山海經中。」

鳳凰判云：「雀兒剔禿，強奪鸗屋，推問根由，元無臣伏。既有上柱國勳收贖，不可久留在獄，宜即適放，勿煩案責。」

雀兒得出，喜不自勝，遂喚鷰子，且飲二升。「比來觸誤，請公哀矜，從今已後，別解祇承，人前並地，莫更⿰口乃⿰口乃。」

鷰雀既和，行至隣並，並乃有一多事鴻鶴，「借問二子，比來爭競，雀兒不能退靜，開眼尿床，違他格令。賴值鳳凰恩擇（澤），放你一生草命，可中鷂子搦得，百年當時了竟。」遂罵鷰子：「你甚頑囂，些些小事，何得紛紜，直欲危他生命，作得如許不仁。兩箇都無所識，宜悟不與同羣。」

鷰雀同詞而對曰：「何其鳳凰不嗔，乃被多事鴻鶴責疎，你亦未能斷事，到頭沒多詞句，必其依有高才，請迄立題詩賦。」

鴻鶴好心，却被譏刺；乃興一詩，以呈二子：

鴻鶴宿心有遠志，鷰雀由來故不知。
一朝自到青雲上，三歲飛鳴當此時。

鷰雀同詞而對曰：

大鵬信徒（圖）南，鷦鷯巢一枝，
逍遙各自得，　何在二蟲知。

鷰子賦一卷

附錄三　鷰子賦❷

此歌身自合，天下更無過

雀兒和鷰子，合作開元歌。

鷰子實難及，能語復嘍羅。一生心快健，禽裏更無過。居在堂梁上，銜泥來作窠。追朋伴親侶，濫鳥不相過。秋冬石窟隱，春夏在人間。二月來投藂，八月却皈（歸）山。口銜長命草，餘事且閑閑。經冬若不死，今歲重迴還。遊颺雲中戲，宛轉在空飛；還來歸舊室，各自本窠依。藂中逢一鳥，稱名自雀兒，搖頭徑野說，語裡事哶哦。

雀兒實嘖唸，變弄別浮沉。知他窠窟好，乃即橫來侵。問鷰何山鳥？掇地作音聲：「徒勞來索窟，放你且收心。」

鷰子語雀兒：「好得輒行非！問君向者語，元本未相知。一冬來居住，溫暖養妻兒，計你合慚愧，却被怨辯之！」

雀兒語鷰子：「恩澤莫大言，高聲定無理，不假觜頭喧。官司有道理，正勑見明宣。空閑石得坐，雀兒起（豈）自專。

鷰子語雀兒：「好得合頭癡。向吾宅裏坐，却捉主人欺；如今見我索、荒（謊）語說官司。養蝦蟇得痳病，報你定無疑！」

雀兒語鷰子：「不由君事觜頭。問君行坐處，元本住何州？宅家今括客・特勑捉浮逃，點兒別設詭，轉急且抽頭。

鷰聞拍手笑：「不由事君（君事）落荒（謊）。大宅居山所，此乃是吾庄。本貫屬京兆，生緣在帝鄉。但知還他窟，野語不相當。縱使無籍貫，終是不關君。我得永年福，到處卽安身。此言並是實，天下亦知聞，是君不信語，乞問讀書人。」

雀兒語鷰子：「何用苦分疏？因何得永年福？言詞總是虛。精神目驗在，活時鮮自如，功夫何處尋得，野語誑鄉閭。頭似獨舂鳥，身如大槿形，緣身豆汁染，脚手似針釘。恒常事梟大，徑欲漫胡瓶。無國知何道，鬧我永年名。」

「昔本吾王殿，鷰子作巢窟。宮人夜遊戲，因便捉窠燒，當時無柱（住）處，堂樑寄一宵，其王見怜慜；慜念亦優饒。莫欺身幼小，意氣極英雄。堂樑一百所，遊颺在雲中。水上呑浮蛾，空裏接飛蟲。眞城無比較，曾娉海龍宮。海龍王第三女，髮長七尺强，衒夾腹底臥，鷰豈在稱揚？請讀論語驗，問取公治長，當時在縲絏，緣鷰免無常。」

雀兒語燕子：「側耳用心聽！如欲還君窟，且定此觜頭聲。赤雀由稱瑞，兄弟在天庭，公王共執手，朝野悉知名。一種居天地，受果不相當。麥熟我先食，禾熟在前嘗。寒來及暑往，何曾別帝鄉？子孫滿天下，父叔遍村坊。自從能識別，慈母實心平。恒思十善業，覺悟欲無常。飢恒飡五穀，不煞一衆生。怜君是遠客，爲此不相爭。」

鷰子自咨嗟：「不向雀兒誇。飢恒食九醞，渴卽飲丹砂。不能別四海，心裏戀洪牙。莫怪經多隱，只爲樂山家。九（久）住人憎賤，希來見喜歡，爲此經多隱，不是怕飢寒。幽巖實快樂，山野打盤珊（跚或旋），本擬將身看，却被看人看。」

「一狶雖然猛，不如衆狗强；窠被奪將去，嚇我作官方。空爭並無益，無過見鳳凰。」

雀既被鷰摋，直見鳥中王。鳳凰臺上坐，百鳥四邊圍，徘徊四顧望，見鷰口銜詞。「橫被强奪窟，投名言雀兒，抱屈見諫訴，啓奏大王知。」

雀兒及鷰子，皆總立王前，鳳凰親處分，有理當頭宣。鷰子於先語：「聽臣作一言。依實說事狀，發本述因緣。被侵宅舍苦，理屈豈感（敢）言。不分黃頭雀，朋博結豪强。鷰有宅一所，橫被强奪將，理屈難緘嘿，伏乞願商量。日月雖耀赫，無明照覆盆，空辭元無力，誰肯入王門！」

鳳凰嗔雀兒：「何爲捉他欺！彼此有窠窟，忽爾輒行非。」雀兒向前啓：「鳳凰王今怎不知！窮研細諸問，豈得信虛辭！雀兒但爲鳥，各自住村坊，彼此無宅舍，到處自安身。見一空閑窟，破壞故非新，久訪元無主，隨便卽安身。成功不可毀，不能移改張。隨便裏許坐，愛護得勞藏。」

鷰子啓大王：「雀兒漫路荒（落荒）。亦是窮奇鳥，搆揬足詞章。銜泥來作窟，口裏見瘡生；王今不信語，乞問主人郎。」

鳳凰當處分：「二鳥近前頭。不言我早悉，事狀見嘍嘍。薄媚黃頭鳥，便漫說緣由，急手還他窟，不得更勾留。」

雀兒啓鳳凰：「判付亦甘從。王遣還他窟，乞請且通容，雀兒是課戶，豈共外人同，鷰子時來往，從坐不經冬。」

鳳凰語雀兒：「急還鷰子窟，我今已判定，雀兒不合過，朕是百鳥主，法令不阿磨，理得合如此，不可有偏頗。」

鷰子理得舍，歡喜復歡忻，雀兒修（羞）欲死，無處可安身。

鷰子不求人，雀兒莫生嗔，昔問（聞）古人語，三鬬始成親。往者堯王聖，寫（攝）位二十年，鄭喬事四海，對面卽爲婚。元百在家患，臣鄉千埋期。燕王怨秦國，位馬變爲驎。併粮坐守死，萬代得稱傳。百姚憶朝廷，哽咽淚交連。斷馬有王義，由自不能分。午（仵）子胥罰（伐）楚，二邑亦無言。不能攀古得，二人並鳥身。緣爭破壞窟，徒特費精神。錢財如糞土，人義重於山，鷰今實罪過，雀兒莫生嗔。

雀兒共鷰子：「別後不須論。室是君家室，合理不虛然。一多來修理，洈落悉皆然。計你合慚愧，却攮我見王身。鳳凰住佛法，不擬煞傷人，忽然責情打，幾許愧金身。」

鷰子語雀兒：「此言亦非嗔。緣君修理屋，不索價房錢。一年十二月，月別伍伯文，可中論房課，定是賣君身。」

鷰子賦一首

附錄四　茶酒論

竊見神農曾嘗百草，五穀從此得分，軒轅製其衣服，流傳教示後人。倉頡致其文字，孔丘闡化儒因。不可從頭細說，撮其樞要之陳。暫問茶之與酒，兩箇誰有功勳？阿誰卽合卑小，阿誰卽合稱尊？今日各須立理，强者先飾一門。

茶乃出來言曰：「諸人莫鬧，聽說些些。百草之首，萬木之花，貴之取蘂，重之摘芽，呼之茗草，號之作茶。貢五侯宅，奉帝王家，時新獻入，一世榮華。自然尊貴，何用論誇！」

酒乃出來：「可笑詞說！自古至今，茶賤酒貴，單醪投河，三軍告醉。君王飲之，叫呼萬歲，群臣飲之，賜卿無畏。和死定生，神明歆氣。酒食向人，終無惡意，有酒有令，人（仁）義禮智。自合稱尊，何勞比類！」

茶爲酒曰：「阿你不聞道：浮梁歙州，萬國來求，蜀川流頂，其山驀嶺，舒城太胡（湖），買婢買奴，越郡餘杭，金帛爲囊。素紫天子，人間亦少，商客來求，舡車塞紹。據此蹤由，阿誰合少？」

酒爲茶曰：「阿你不問（聞）道：劑酒乾和，博錦博羅，蒲桃九醞，於身有潤。玉酒瓊漿，仙人盃觴，菊花竹葉，君王交接，中山趙母，甘甜美苦。一醉三年，流傳今古。禮讓鄉閭，調和軍府，阿你頭惱，不須乾努。」

茶爲酒曰：「我之茗草，萬木之心，或白如玉，或似黃金。明（名）僧大德，幽隱禪林，飲之語話，能去昏沉。供養彌勒，奉獻觀音，千劫萬劫，諸佛相欽，酒能破家散宅，廣作邪婬，打却三盞已後，令人只是罪深。」

酒爲茶曰：「三文一氿（湏），何年得富，酒通貴人，公卿所慕，曾道趙主彈琴，秦王擊缶，不可把茶請歌，不可爲茶交舞。茶吃只是胃疼，多吃令人患肚，一日打却十盃，腸脹又同衙鼓。若也服之三年，養蝦蟇得水病報。」

茶爲酒曰：「我三十成名，束帶中櫛。驀海其江，來朝今室。將到市廛，安排未畢，人來買之，錢財盈溢。言下便得富饒。不在明朝後日，阿你酒能昏亂，喫了多饒啾唧，街上羅織平人，脊上少須十七。」

酒爲茶曰：「豈不見古人才子，吟詩盡道，渴來一盞，能生養命。又道：酒是消愁藥。又道：酒能養賢。古人糟粕，今乃流傳。茶賤三文五碗，酒賤中（盅）半七文。致酒謝坐，禮讓周旋，國家音樂，本爲酒泉。終朝喫你茶水，敢動些些管弦！」

茶爲酒曰：「阿你不見道，男兒十四五，莫與酒家親。君不見生生鳥，爲酒喪其身，阿你卽道：茶喫發病，酒喫養賢，卽見道有酒黃酒病，不見道有茶瘋茶顚？阿闍世王爲酒敍父害母，劉零（伶）爲酒一死三年，喫了張眉豎眼，怒鬥宣拳，狀上只言麁豪酒醉，不曾有茶醉相言，不免求首杖子，本典索錢。大枷榼項，背上拋（抛）椓（椽）。便卽燒香斷酒，念佛求天，終身不喫，望免迍邅。」兩個政爭人我，不知水在傍邊。

水爲茶酒曰：「阿你兩箇，何用忩忩？阿誰許你，各擬論功！言詞相毀，道西說東。人生四大，地水火風。茶不得水，作何相貌？酒不得水，作甚形容？米麴乾喫，損人腸胃（胃）茶片乾喫，只糲破喉嚨。萬物須水，五穀之宗，上應乾象，下須吉凶。江河淮濟，有我卽通，亦能漂蕩天地，亦能涸煞魚龍。堯時九年災跡，只緣我在其中，感得天下欽奉，萬姓依從。由自不說能聖，兩個何用爭功？從今已後，切須和同，酒店發富，茶坊不窮。長爲兄弟，須得始終」。若人讀之一本，永世不害酒顛茶風（瘋）。

茶酒論一卷。

開寶三年壬申歲正月十四日知術院弟子閻海眞自手書記

附錄五　孔子項託相問書

昔者夫子東遊，行至荊山之下，路逢三箇小兒。二小兒作戲，一小兒不作戲。夫子怪而問曰：「何不戲乎？」小兒答曰：「大戲相煞，小戲相傷，戲而無功，衣破裏空。相隨擲石，不如歸舂。上至父母，下及兄弟，只欲不報，恐受無禮。善思此事，是以不戲，何謂怪乎？」

項託有相隨，擁土作城，在內而坐，夫子語小兒曰：「何不避車？」小兒答曰：「昔聞聖人有言：上知天文，下知地里（理），中知人情，從昔至今，只聞車避城，豈聞城避車？」夫子當時無言而對，遂乃車避城下道。遣人往問：「此是誰家小兒？何姓何名？」小兒答曰：「姓項名託。」

夫子曰：「汝年雖少，知事甚大。」小兒答曰：「吾聞魚生三日，遊於江海，兎生三日，盤地三畝，馬生三日，趂（趁）及其母，人生三月，知識父母。天生自然，何言大小。」

夫子問小兒曰：「汝知何山無石？何水無魚？何門無關？何車無輪？何牛無犢？何馬無駒？何刀無環？何火無煙？何人無婦？何女無夫？何日不足？何日有餘？何雄無雌？何樹無枝？何城無使？何人無字？」小兒答曰：「土山無石。井水無魚。空門無關。轝車無輪。泥牛無犢。木馬無駒。斫刀無環。螢火無煙。仙人無婦。玉女無夫。冬日不足。夏日有餘。孤雄無雌。枯樹無枝。空城無使。小兒無字。」

夫子曰：「善哉！善哉！吾與汝共遊天下，可得已否？」小兒答曰：「吾不遊也。吾有嚴父，當須侍之；吾有慈母，當須養之；吾有長兄，當須順之，吾有小弟，當須教之。所以不得隨君去也。」

夫子曰：「吾車中有雙陸局，共汝博戲如何？」小兒答曰：「吾不博戲也，天子好博，風雨無期；諸侯好博，國事不治；吏人好博，文案稽遲；農人好博，耕種失時；學生好博，忘讀書詩；小兒好博，笞撻及之。此是無益之事，何用學之。」

夫子曰：「吾與汝平却天下，可得已否？」小兒答曰：「天下不可平也。或有高山，或有江海，或有公卿，或有奴婢，是以不可平也。」

夫子曰：「吾以汝平却高山，塞却江海，除却公卿，弃却奴婢，天下蕩蕩，豈不平乎？」小兒答曰：「平却高山，獸無所依，塞却江海，魚無所歸，除却公卿，人作是非，弃却奴婢，君子使誰？」

夫子曰：「善哉！善哉！汝知屋上生松，戶前生葦，床上生蒲，犬吠其主，婦坐使姑，雞化爲雉，狗化爲狐，是何也？」小兒答曰：「屋上生松者是其椓（椽），戶前生葦者是其箔，床上生蒲者是其席。犬吠其主，爲傍有客，婦坐使姑，初來花下也，雞化爲雉，在山澤也，狗化爲狐，在丘陵也。」

夫子語小兒曰：「汝知夫婦是親，父母是親？」小兒曰：「父母是親」夫子曰：「夫婦是親。生同床枕，死同棺槨，恩愛極重，豈不親乎？」小兒答曰：「是何言與！是何言與！人之有母，如樹有根，人之有婦，如車有輪。車破更造，必得其新，婦死更娶，必得賢家。一樹死，百枝枯，一母死，衆子孤。將婦比母，豈不逆乎？」

小兒却問夫子曰：「鵝鴨何以能浮？鴻鶴何以能鳴？松柏何以多夏常青？」夫子對曰：

「鵝鴨能浮者緣脚足方，鴻鶴能鳴者緣咽項長，松柏冬夏常靑者緣心中强。」小兒答曰：「不然也！蝦蟆能鳴，豈猶咽項長？龜鼈能浮，豈猶脚足方？胡竹冬夏常靑，豈猶心中强？」夫子問小兒曰：「汝知天高幾許？地厚幾丈？天有幾樑？地有幾柱？風從何來？雨從何起？霜出何邊？露出何處？」小兒答曰：「天地相却萬萬九千九百九十九里，其地厚薄，以天等同。風出蒼吾（梧），雨出高處，霜出於天，露出百草。天亦無樑，地亦無柱，以四方雲而乃相扶，故與爲柱，有何怪乎？」

夫子嘆曰：「善哉！善哉！方知後生實可畏也。」

夫子共項託對答，下下不如項託，夫子有心煞項託，乃爲詩曰：

孫景懸頭而刺股，匡衡鑿壁夜偷光，
子路為人情好用，（勇）貪讀詩書是子張。
項託七歲能言語，報答孔丘甚能强。
項託入山遊學去，叉手堂前啓孃孃：
「百尺樹下兒學問，不須受寄有何方。」
耶孃年老惛迷去，寄他夫子兩車草；
夫子一去經年歲，項託父母不承忘。
取他百束將燒却，餘者他日餧牛羊。
夫子登時却索草，耶孃面色轉無光。
當時却色酬倍價，每束黃金三錠强。
金錢銀錢總不用，「婆婆項託在何方？」

「我兒一去經年歲，百尺樹下學文章。」
夫子當時文（聞）此語，心中歡喜倍勝常。
夫子乘馬入山去，登山驀領（嶺）甚分方，
樹樹每量無百尺，葛蔓交脚甚能長。
夫子使人把鍬钁，堀着地下有石堂：
一重門裏石師子，兩重門外石金鋼，
入到中門側耳聽，兩伴讀書似雁行。
夫子拔刀撩亂斫，其人兩兩不相傷；
化作石人總不語，鐵刀割截血汪汪。
項託殘氣猶未盡，迴頭遙望啓孃孃；
「将兒亦血瀼盛著，擎向家中七日强。」
阿孃不忍見兒血，擎将寫（瀉）着糞塠（堆）傍。
一日二日竹生根，三日四日竹蒼蒼，
竹竿森森長百尺，節節兵馬似神王。
弓刀器械沿身帶，腰間寶劍白如霜，
二人登時却覓勝，誰知項託在先亡。
夫子當時甚惶怕，州懸（縣）分明置廟堂。

孔子項託相問書一卷

國家圖書館出版品預行編目資料

敦煌兒童文學

雷僑雲著. –初版. – 臺北市：臺灣學生，1990[民 79]二刷
參考書目：面 179-186

ISBN 957-15-0064-x(平裝)

1. 敦煌學　2.兒童文學

859

敦煌兒童文學（全一冊）

著作者：雷僑雲
出版者：臺灣學生書局
發行人：孫善治
發行所：臺灣學生書局
臺北市和平東路一段一九八號
郵政劃撥戶：〇〇〇二四六六八號
電話：(〇二)二三六三四一五六
傳真：(〇二)二三六三六三三四
本書局登記證字號：行政院新聞局局版北市業字第捌玖壹號
印刷所：宏輝彩色印刷公司
中和市永和路三六三巷四二號
電話：二二二六八八五三

定價：平裝新臺幣一九〇元

西元一九八五年九月初版
西元二〇〇〇年九月初版三刷

85901

ISBN 957-15-0064-x（平裝）

㉑ 中國文學的本源 王更生著
㉒ 中國文學的世界 前野直彬著，龔霓馨譯
㉓ 唐末五代散文研究 呂武志著
㉔ 元代新樂府研究 廖美雲著
㉕ 五四文學與文化變遷 中國古典文學研究會主編
㉖ 南宋詩人論 胡　明著
㉗ 唐詩的傳承—明代復古詩論研究 陳國球著
㉘ 中外比較文學研究　第一冊(上、下) 李達三、劉介民主編
㉙ 文學與社會 中國古典文學研究會主編
㉚ 中國現代文學新貌 陳炳良編
㉛ 中國古典文學研究在蘇聯 (俄)李福清著，田大長譯
㉜ 李商隱詩箋釋方法論 顏崑陽著
㉝ 中國古代文體學 褚斌杰著
㉞ 韓柳文新探 胡楚生著
㉟ 唐代社會與元白文學集團關係之研究 馬銘浩著
㊱ 文轍(全二冊) 饒宗頤著
㊲ 二十世紀中國文學 中國古典文學研究會主編
㊳ 牡丹亭研究 楊振良著
㊴ 中國戲劇史 魏子雲著
㊵ 中外比較文學研究　第二冊 李達三、劉介民主編
㊶ 中國近代詩歌史 馬亞中著
㊷ 近代曲學二家研究—吳梅・王季烈 蔡孟珍著
㊸ 金元詞史 黃兆漢著
㊹ 中國歷代詩經學 林葉連著
㊺ 徐霞客及其遊記研究 方麗娜著
㊻ 杜牧散文研究 呂武志著

47	民間文學與元雜劇	譚達先著
48	文學與佛教的關係	中國古典文學研究會主編
49	兩宋題畫詩論	李　栖著
50	王十朋及其詩	鄭定國著
51	文學與傳播的關係	中國古典文學研究會主編
52	中國民間文學	高國藩著
53	清人雜劇論略	黃影靖著，黃兆漢校訂
54	唐伎研究	廖美雲著
55	孔子詩學研究	文幸福著
56	昭明文選學術論考	游志誠著
57	六朝情境美學綜論	鄭毓瑜著
58	詩經論文	林葉連著
59	傣族敘事詩研究	鹿憶鹿著
60	蔣心餘研究(全三冊)	王建生著
61	眞善美的世界—高中高職國文賞析	戴朝福著
62	何景明叢考	白潤德著
63	湯顯祖的戲曲藝術	陳美雪著
64	姜白石詞詳注	黃兆漢等編著
65	辭賦論集	鄭良樹著
66	走看臺灣九〇年代的散文	鹿憶鹿著
67	唐賢三體詩法詮評	王禮卿著
68	清初前期話本小說之研究	徐志平著
69	文心雕龍要義申說	華仲麟著
70	楚辭詮微集	彭　毅著
71	習賦椎輪記	朱曉海著
72	韓柳新論	方　介著

73 西崑研究論集 周益忠著
74 李白生平新探 施逢雨著
75 中國女性書寫—國際學術研討會論文集 淡江大學中國文學系主編
76 杜甫夔州詩現地研究 簡錦松著
77 近代中國女權論述—國族、翻譯與性別政治 劉人鵬著
78 香港八十年代文學現象(全二冊) 黎活仁等主編
79 中國夢戲研究 廖藤葉著
80 晚明閒賞美學 毛文芳著